壬生狼（みぶろ）
新選組風雲録

睦月影郎

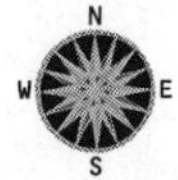

コスミック・時代文庫

この作品は二〇〇四年八月ＫＫベストセラーズから奈良谷隆名義で刊行された「みぶろ」を加筆修正したうえ改題したものです。

目次

第一話　鬼が笑う日……5
第二話　男たちの酒……95
第三話　吾輩の青春……177
我が青春の「新選組」「姿三四郎」「漱石」
――あとがきにかえて……254

第一話　鬼が笑う日

一

「おい、これからどうすべえ」

「ああ……」

「暑くて堪らねえ。腹もペコペコだ」

「ああ……」

元治元年（一八六四）七月、じりじりと照りつける陽射しに、二人の男は汗を拭うことも忘れて、よろよろとそばにあった神社の境内に入った。

そして木陰に座り込み、垢と埃で真っ黒になった顔を見合わせてため息をついた。

華やかな京の街を、あてもなくうろついている二人、垢光りしている着物にヨレヨレの袴、どう見ても物乞いだが、それでも大小の刀を腰に差していた。が、どうも刀の差し方がいまいち決まらずにぎこちない。

「刀ってのが、こんなに重えもんとは知らなかった。でも物騒なところだ。何もねえよりマシだろう」

「ああ……」

それもそのはずで、二人の差している刀は昨夜、鴨川のほとりで拾ったものである。正確に言うと、死んでいた二人の浪士から黙って貰ったものだった。

二人とも二十歳になったばかりで、小柄なよく喋る男が桂珍平、前座の咄家だった。

十六の時、相州公郷の家を飛び出し、江戸へ出て咄家桂永楽の弟子となった。どことなく愛敬があり、憎めぬ顔つきをしている。

もう一人、背が高くてさっきから「ああ」とだけ答えているぼさっとした男、これは坂本朝太といいドサ廻りの役者見習いだった。

朝太、珍平とも、姓はそれぞれ師匠の名をもらい、一座を組んで上方、九州まで巡業にきた途中、京の街で仲間とはぐれてしまったのだ。

朝太も相州の出で、二人は江戸で出会ってから四年間、妙にウマが合いずっと付き合ってきた。二人とも農家の末っ子で、退屈な田舎に嫌気がさし、江戸へ出て若さを持て余していたところも似ていた。

しかし、互いに役者や咄家ではろくに食えず、知り合った旅芸人の一座に加えてもらって巡業に出てきたのだった。

そして二人は舞台に上がって、掛け合い、今で言う漫才をやって場を持たせていた。このノッポとチビのコンビはかなり受けて、二人も次第に人を笑わせることに生き甲斐(がい)を感じるようになってきた。

が、もう丸二日なにも口にしておらず、日頃は口数の多い珍平もすっかり元気を失くしていた。

「もとはと言えば、朝太、おめえが女を抱きてえなんて言い出して、夜中にこっそり宿を抜け出すからいけねえんだ」

「何を？　おめえだって喜んでついてきたじゃねえか」

べったりと座り込みながら、二人が愚痴(ぐち)りだした。しかし腹が減って、口喧嘩(くちげんか)にも力が入らない。

「ついてねえ。金が足りなくて飯盛女(めしもりおんな)にさえ相手にされねえし、おまけに勤皇(きんのう)だ佐幕(さばく)だって、浪士が刀抜いて走り廻ってやがる。危うくとばっちりでブッた斬(ぎ)られるとこだったぜ」

「その代わり、刀拾ったじゃねえか」

「でも、売ったりしたらアシがつきそうだしな」

「ああ……」

何といっても気の小さい二人である。黙って拾ったことに気が咎めて仕様がないのだ。

しかし騒然となった京都、当分は浪人姿でいた方が目立たず、そのうちに町外れへでも出たら、なんとか刀を売って江戸へ帰ろうと思ったのだ。

「それにしても、あのダンダラ羽織の奴ら、恐かったな。どこまでも追ってきやがった。まるで狂犬だ」

「ああ、街の人はミブロと呼んでいた」

「あんなのに関わり合ったら、命がいくつあっても足りやしねえ」

珍平は、よほど恐い思いをしたらしく、ブルッと身震いして顔をしかめた。

一昨日の晩、一座の宿を抜け出して夜の京の街をうろついていた二人、あちこち素見して帰ろうと思ったとき、いきなり浅葱色したダンダラ羽織の一団に迫られ、ものも言わず斬りつけられたのである。追っていた勤皇方の浪士と間違えたのだろうが、どこをどうともわからず走り廻ると、なんとか追っ手はまいたものの道に迷ってしまった。

そして、もう岡場所へ行くどころではなく、朝になってようやく宿へ戻ると、すでに一座は旅立った後だった。下っ端の彼らは、一座に置いてけぼりを食わされたのだ。

「とにかく座ってても仕様がねえ。風呂たきでも何でも手伝って、どこかで飯食わしてもらおう」

「ああ……」

二人はやっとの思いで腰を上げ、境内で水を飲んでからまたふらふらと歩きだした。

と、しばらく歩いていくと二人は、自分らとよく似た格好の男たちが列を成して並んでいるのを見つけた。

「何だ、ありゃ」

「無宿人の集団かな？　でもみんな刀を差している。食いっぱぐれた浪人たちだろう」

「ああ」

珍平は連中に近づき、列のいちばん後にいた貧相な浪人に話しかけた。

「あのう、卒爾(そつじ)ながら……」

「何か」

「何かあるんですか？」

「飯だ。もう五日も食っとらん」

「ははあ、こちらよりうわてがいた。で、並んでると、このお屋敷で飯を食わしてくれるんですか？」

「そうだ」

「こりゃいいこと聞いた。どもすいません。おおい朝太。こっち来て一緒に並べ」

珍平は朝太を呼んだ。

「何なんだ、一体……」

「わからねえ。とにかく飯が食えるんだ。黙って並んでりゃいい」

「しかし、なにか仕事をさせられるんだろう？」

「物騒だから、用心棒か何かだろう」

「こんなに大勢もか？」

「わからねえってば。とにかく飯が食えりゃいい」

「門にでっけえ看板が出てるぞ。なんて書いてあるんだ？」

「読めねえ。漢字ばっかしだ」

などと喋っているうち、列はどんどん門の中に入っていった。そして最後尾の二人が中に入ると、背後で門が閉められた。

「ああっ！」

「ひええっ！」

二人は同時に声をあげた。

中にズラリと並んでいるのは、あの浅葱色のダンダラ羽織を着た連中だったのである。

「こら！　そこの二人。やかましいぞ、静かにしろ！」

「は、はい……」

大音声に怒鳴られ、自分の方がよっぽどやかましいじゃねえか、なんて軽口も出ず、二人はシュンとなった。そしてまわりを見回し、青ざめながら囁き合った。

「こ、ここはミブロの屯所だ……」

「えれえことになったぞ」

どうやら二人は、新選組の隊士募集の行列に並んでしまったようだ。逃げようにも、もう門は閉められ、ダンダラ羽織の獣のような奴らがジッとこちらを睨みつけている。

「次！」

名簿をつけていた男が言った。

「ど、どうすべえ」

「もう逃げられねえぞ」

「こら！　次、お前らだ。早くしろ！」

「ひゃっ！　は、はい……」

二人は男の前に立った。

「小さい方、お前からだ。名は」

「か、かか桂珍平……」

「なに？　桂だと？」

男は珍平の顔をマジマジと眺め、隣にいた隊士に耳打ちした。

「長州かな……」

「小五郎（こごろう）じゃあるまいな」

そんな囁きが珍平にも聞こえる。

やがて男は珍平に向き直った。

「おい、お前生国（しょうごく）はどこだ」

「そ、相州です。でもずっと江戸におりました……」

「江戸？　玄武館か、練兵館か」

「いえ、本牧亭で、その前は天狗連でした」

「天狗党か」

「まあ似たようなもんです」

珍平はわけのわからぬまま適当に答えた。

天狗連とは、町内で咄家が寄り合って内々の寄席をやる仲間のことである。

「ふむ……、まあいいだろう。それほど怪しい奴じゃなさそうだ」

てめえの方がよっぽど怪しいじゃねえかと言いたかったが、珍平はおとなしく引っ込んだ。次は朝太の番である。

「お前の名は」

「坂本朝太です」

「何ッ⁉　坂本……？」

男はまた驚いて仲間に耳打ちした。

「坂本竜馬という男の噂を聞いたことがあるが……」

「まさかこの男が……」

男は向き直り、警戒しながら訊ねた。

「お前、土佐の人間じゃあるまいな」

「ええ、ドサ廻りです」

「ドサ？　そうじゃない。生国だ」

「ああ、相州藤沢の宿で」

「なんだ、二人とも東国の人間か。どうも言葉が泥臭えと思った。まあいい、二人とも三番隊に編入する」

男は勝手に納得し、とうとう二人は新選組に入隊してしまった。

二

「おれが、三番隊隊長の斎藤一だ。二人ともいい時に入ったな。芹沢、新見両局長が死に、新選組は今や近藤先生のものだ。しかも、先月の池田屋襲撃事件でおおいに名を上げた矢先で、長州の反撃に備え内部を強化することにした。てっとり早く言やあ頭数を増やしたんだ。だから君らも簡単に入れたのさ」

三番隊の部屋に入ると、いきなり隊長の斎藤一が気さくに話しかけてきた。

二十代前半だろうが、日に焼けた精悍な顔つきをしていた。髭の剃りあとが青く、毛深そうでどこか獣を思わせる風貌だが、意外に優しそうな話し方をする。

「本当なら、剣や槍、変装や探索、あるいは読み書きソロバンなど特技がなきゃ入れないんだが、まったく君らは運が良かった」

「はあ、まったく運がいいというか悪いというか……」

珍平が言うと、朝太に肘で小突かれた。

「君らは、さむらいじゃないな？」

「は、はあ……」

二人は驚いて顔を上げた。しかし斎藤はニヤニヤ笑っている。

「どうせ、食いっぱぐれてここへ来たんだろうが、なあに構わんよ。ここだけの話だがな、局長の近藤先生も副長の土方さんも、元は百姓の出なんだ。こんな時代じゃ食いっぱぐれるのは誰も同じ、やることさえやってくれりゃそれでいいんだ。土方さんも言ってる。立派な人間を新選組に入れるより、新選組にとって誠の武士を作りたいのだと」

「で、何をやりゃいいんです？」

「市内巡察や緊急出動さ。番がくるまでノンビリしてりゃいい。刀の使い方なんかすぐに馴れるさ」

「やっぱり、人を斬るんですか?」

「その時もあるだろう。でも、みんなでかかれば恐くない、さ」

そう言うと斎藤は高笑いして部屋を出ていった。二人はそっと顔を見合わせた。

「これから、どうなるのかな……」

「ああ、しかし隊長が優しそうな人で良かったよ」

部屋の中に居る武士たちも、みな普通の青年ばかりで、将棋をさしたり猥談などをして屈託がなかった。その夜、二人はダンダラ羽織を支給され、局中法度などの説明を受けてから、ようやくたっぷりと飯を食わせてもらい、久々に人心地ついたのだった。

「厳しい掟だな。脱走したら殺され、背中に傷を受けても切腹、まして士道に背くなったって、おれらにゃ士道も糞もわからねえ」

朝太が嘆息して言うと、飯を食って機嫌を良くしているのか、珍平はあっけらかんとした様子で言った。

「なあに、武士も百姓もねえ。みんな同じ人間だ。腹も減りゃ糞もする。女も抱きたきゃ死ぬのは恐え。要するにタテマエの世界なんだ、ここは。要領を良くすりゃ、そんなに住みにくい所でもなさそうだ」

朝太は、ニヤニヤ笑って言う珍平の神経の太さが羨ましかった。

さて、翌日から二人は隊長の斎藤一に率いられ、朝夕に市内巡察をすることとなった。

夜間などは各隊が交代でやり、昼間はほとんど問題もなく、暇なときは道場へ行き、面籠手をつけて竹刀を握らされた。

ダンダラ羽織を着ての市内巡察は、二人を妙な快感に浸らせた。列を成して歩くだけで道ゆく人が避け、娘などは小走りに逃げていくのだ。変身願望というか、妙な英雄意識による陶酔感は、かつてない経験だけに二人を夢中にさせた。元来、芝居っ気たっぷりの二人である。巡察を重ねるうちに二人は、身も心も新選組精鋭の強い武士になったような心持ちになってしまった。

剣術の稽古も、二人でやると案外楽しかった。何といっても真剣じゃないし、竹刀で叩き合うだけだから、競技のような気持ちで二人とも熱心に稽古をするようになった。

近藤、土方などの超幹部級はあまり道場に来ないようだが、副長助勤、すなわち各隊の隊長クラスはよく顔を出し、彼らと稽古するのはさすがに朝太も珍平も嫌だった。

一番隊隊長の沖田総司、年が二人より少し上ぐらいの若さなのに、剣は天才と言われていた。しかし普段は冗談ばかり言っていて、二人にもよく話しかけてくれた。それが稽古となると、がらりと人柄が変わって激しくなるのだ。二番隊隊長の永倉新八や三番隊の斎藤一なども、それこそ剣のために生まれてきたような男たちで、みな鬼神のように強かった。

「二人とも、だいぶ形ができてきたなあ」

ある時、斎藤が言った。

彼は実戦一点張りの人間で、竹刀稽古はあまりムキにならず多少手加減してくれた。

「特に朝太、芝居で殺陣もやっていたんだろう、スジがいい」

そう言われると朝太は有頂天になった。

珍平が妬ましそうに朝太を見た。

「が、珍平の動きもいい。実戦であぁチョコマカされたんじゃ、相手も面食らうだろう」

と斎藤はそつがなく珍平もほめた。

二人は単純だからそれだけで嬉しくなり、一層稽古に励むようになるのだった。

三

非番の時など、朝太と珍平はたちまち隊士たちの人気者となってしまった。

もとより長いこと二人で漫才をやっていたのだから、その巧みでとぼけた話術とどことなく滲み出る可笑しさなどで、自然に二人を中心に人の輪ができるようになった。

殺伐とした隊内で、二人の明るい存在が貴重なものに思われたのだろう。

しかし、どうしても顔に愛敬のあるチビの珍平の方が、ボケ役だけに人気があった。

ツッコミの朝太の方は、珍平あっての存在ということで、個人としてはそれほどの持ち味はなかったのである。それに、すぐにどんな場にも馴染める珍平と違い、朝太の方は未だに新選組という殺人集団の雰囲気に溶け込めなかったのであった。

そんなある夜、朝太は、三人の重要な人間と接することになった。そのうち二人は、今まで顔さえろくに見られなかった、局長と副長、近藤勇と土方歳三だったのである。

交代制の深夜巡察を終え、朝太が寝る前に厠へ行った時のことである。

暗い廊下を歩いていると、朝太は何か生温かいものをぐにゃりと踏んづけた。

「痛っ……」

「あっ」

よく見ると、廊下の隅には手燭が置かれ、人がうずくまっていたのである。朝太は、すわ泥棒か間者と大声をあげようとした時、

「シッ！　騒ぐな。わしだ」

と押し殺した声がしたので、よく見ると、なんと雲の上の人物がいたのである。

「こ、近藤先生……」

「君は、確か三番隊の」

「はあ、坂本朝太です」

「そうかそうか、うむ、覚えておく」

近藤はそう言って、照れ隠しのように咳払いをひとつすると、大きな口を引き締めて威厳を保ち、起ち上がってそのまま悠々と奥へ消えていった。

「……？？？」

朝太はわけがわからなかった。

近藤局長が、なぜこんな夜更けに、廊下で這いつくばっていなきゃいけないのか。

怪訝（けげん）な面持（おもも）ちで朝太が歩き出すと、廊下の角から、

「坂本君……」

いきなり声をかけられ、朝太は心の臓が口から飛び出すほどびっくりした。

見ると、今度はスラリとした長身の美男子、土方歳三が立っていたのである。

土方このとき三十歳。

「ひ、土方先生……」

「坂本君、いま見たこと、誰にも言うのではないぞ」

「は、はい……」

能面のように無表情な土方に、じっと冷たい眼で見つめられ、朝太はゾクリと背筋が寒くなった。

「君も、忘れてくれ」

「はあ……」

土方は言うだけ言うと、さっさと朝太の脇を通り過ぎ、行ってしまった。

(氷のような眼だ。……あの人、生まれてから今日まで、笑ったことがないんじゃないか?)

朝太はふと、そんなことを思った。

近藤の行動は、後に朝太にだけわかった。

近藤は深夜誰もいない廊下で、雨戸に落書していたのである。「隊長、近藤勇」とか、「勤勉、努力」など。習字の腕が上がり、芹沢、新見局長一派を粛清し、しかも池田屋事件で名を上げ新選組の天下を取ったことがよほど嬉しかったのだろう。が、局長ともあろう者が夜中に這いつくばってコソコソ落書するなど、とても田舎臭くて、土方は見ていられず、朝太に口止めしたのだ。

(何だ下らねえ。たかが落書で、わけを知ってみりゃ何のことはねえじゃんか……)

朝太は拍子抜けする思いだった。

なお、この雨戸の落書は、今も壬生前川邸に現存している。まあ何にしても、局長近藤勇を踏んづけた隊士は、新選組広しといえども朝太一人しかいない。

さて、小用を終えた朝太は、厨へ顔を出した。局長と副長に会って、喉がからからに渇いていたのだ。が、誰もいないと思っていた厨から、ぼうっと灯りが洩れていた。

「あら、朝太さん」

「妙さん、まだ起きていたんですか……」

厨には、新選組内での唯一の女性、妙がいたのだった。彼女は十六歳、朝太や珍平が入隊するひと月ぐらい前から賄い方の女中として住み込んでいた。

新選組屯所は、壬生の郷士、前川邸と向かいの八木邸を借りていた。最初のうちは雑居していたのだが、そのうち新選組隊士が増えると、とうとう屋敷を乗っ取られ、家の者が出ていってしまったため、女中を雇うことにしたのである。

だが妙は、近藤、土方の郷里、武州多摩の出身だった。土方の生家の近くにある農家の娘で、新選組の高名を聞きつけ、とうとう京へ来てしまったのである。

生来、勝ち気で一途な性格であった。

「ゆうべも、深夜巡察の方たちにお握り作ってたから、今日お昼寝しちゃったの。だから眠れなくて」

「そう……」

朝太は妙の可憐さに眼をそらした。今まで宿場女郎は何度か抱いたことはあるが、堅気の娘とはかつて縁のなかった朝太である。

桃割れに結った艶やかな黒髪は匂うように美しく、化粧っ気のない素朴で純真な少女の貌、勝ち気で芯の強そうな黒い瞳や、ぷっくりとした愛らしい桜色の唇、成長途上にある弾力ある肢体、僅かに脹らんだ胸や丸みのある腰が、何とも初々しく魅力的だった。

（やはり、東国の娘だ……）

と朝太は思った。

女らしさの中に凜と光るような気の強さ、土の匂いを感じさせる野性味などは、京の女にはないものである。

「もうぬるいけど、お茶いれます」

「ええ……」

「巡察ご苦労さま」

「いえ……」

朝太は短く答え、妙の差し出すぬるい茶を飲んだ。妙もじっと座っていたが、何か思い出したらしく、いきなりクスッと笑い、肩をすくめた。

「何か……？」

「朝太さんと珍平さん、とっても面白いのね。息がぴったり合って、まるで兄弟みたい。それなのに一人ひとり別々になると、ふたりともすごくおとなしいから、よけい可笑しいの」

無邪気(むじゃき)に笑う妙に見つめられ、朝太は真っ赤になってしまった。初めて接する素人(しろうと)の娘、しかも彼女と二人、深夜に厨で声をひそめて談笑しているのだ。

何やらローソクのゆらめきも秘密めいて、朝太は完全に妙に魅(み)せられてしまった。

四

「なんだ、お前、タエちゃんに惚(ほ)れたのか」

「ああ……」

次の非番の時、朝太は部屋でゴロゴロしている珍平に打ち明けた。今まで、互いに何の秘密も持たなかった二人である。

が、朝太の恋に、珍平は少なからず驚いたようだった。

何故なら、江戸にいる頃から岡場所へ通い、旅に出てからも宿場女郎ばかり相手にしてきた二人なのだ。しかも馴染みの遊女など一人もおらず、常に、誰でもいいから女の肉体があればいいと、単なる性欲処理の対象としか女性を観ていなかったのであった。事実、芸でも下っ端の二人は、かつて安女郎ぐらいとしか、出会う機会もなかったのである。

「ふうむ、恋ねえ、お前が」

「おれが女に惚れちゃいけねえか」

「いや、そういえば最近お前、どうも元気がねえと思ってたんだ。しかしタエちゃんはなあ……」

「何だよ」

「なんたって紅一点(こういってん)だ。競争相手が多すぎやしねえか？」

「それは大丈夫だ。あづま男に京女といってな、隊士たちはみな京の女に熱をあげている。平(ひら)隊士の中にも、休息所に女を囲っている者がいる」

「なるほど、その点タエちゃんは野暮(やぼ)ってえから」

「何をっ」

「いや、その、純粋で素朴だから」

「うん」

朝太は僅かに赤面した。

珍平も、常に冗談みたいな顔をしてるが、これでなかなか友だち思いのところがある。

「よし！」

珍平がハタと膝を打った。

「何がよしだ」

「お前、今夜タエちゃんに夜這いしろ」

「何だと」

「手っ取り早くモノにしちまえばいい。女なんて、身体さえ奪えば後でどうにでも、いてててて！」

みなまで言わせず、朝太は珍平の頰っぺをつねりあげた。

「何しやがる！」

「黙れ！　妙さんはな、そこらの安女郎たあ、わけが違うんだ。モノにするた何てこと言いやがる」

朝太の剣幕に、珍平も憤然と答えた。

「ふん、こないだまで、その安女郎にさえ相手にされなかったなあ何処の誰だ」

「……だから、だからこそ俺あ妙さんへの思いを大事にしてえんだ」

急にしんみりした朝太に、珍平も気勢をそがれたように視線を畳に落とした。

「じゃ夜這いは中止だ」

「あたりめえだ」

「その代わり、覗きをしよう」

「何だと」

「タエちゃんは夜遅く、深夜巡察の隊士のために夜食を作り、そのあと寝る。寝る前に厠へ行くだろう。厠は屋敷の隅で人も来ないし、節穴も多いから外から覗ける」

「ち、珍平、お前……」

「タエちゃんの白い尻、見たかねえか？」

「そりゃ見てえ。だが、おめえにゃ見せたくねえ」

「おれはいいさ。協力するだけだ」

「よし、じゃ今夜」

げんきんなもので、朝太は急に明るい顔になって頷いた。相模の国には昔から、娘の尻を最初に見た男が、その娘を嫁にできるという迷信があるのだ。もちろん少女の妙は、まだ誰にも尻を見せたことがないという確信を持った上のことである。

　さて、その夜、朝太と珍平は手ぬぐいで頬っかむりをして、みなが寝静まった頃そろそろと外に出た。月はなく、周囲の草からは夏の虫の声が夥しく聞こえていた。

　裏へ廻って厨を覗くと、今ちょうど妙が後片づけを済ませたところだった。

「よし、いよいよだ」

　珍平が言い、朝太が頷いた。二人で厠の外へ廻り、朝太は節穴の位置を確かめた。

「おい、朝太、来るぞ」

　廊下を渡る手燭が見えたのだろう。珍平が囁いた。朝太はごくりと生唾を飲んだ。

「朝太。せんずりかくなら静かにやれよ」

「そんなことするかい」

　やがて、厠に人が入る気配がし、手燭が置かれたか内部がぼんやりと薄明るくなった。

　そして朝太の目の前に、しゃがみ込んだ色白の尻が現われた。

「色っぺえな、おい……」

いつのまにか、珍平も隣の節穴から覗き込んでいた。

「あ、てめえ！　覗くな」

朝太が声を殺して珍平を突き放す。

その時である。中からいきなり大きな放屁が聞こえた。

「わっ！」

「馬鹿、静かにしろ！」

驚いた珍平を、朝太は思わず怒鳴りつけてしまった。すると、声を聞いたか厠の中で悲鳴があがった。

「うわおう！　長州の襲撃だあっ、ものどもであえっ、助けろっ、わあっ！」

と、みるまに厠の戸が開き、着物の裾を乱した土方歳三が大声をあげながらドタドタと飛び出してきた。

「ひ、土方先生だった……」

「ヤバイ、隠れろ！」

朝太と珍平はびっくりして、庭の茂みの中に飛び込み、様子を窺った。

しかし、ものすごい形相で厠を飛び出した土方が廊下でばったり妙と鉢合わせした。

「きゃっ……」

土方の形相に驚いた妙が、ぽとりと手燭を落とし、ビクッと身をすくませた。と、妙の足元でチロチロ燃えていた火が、じゅっと消えた。

「やあん」

妙はベソをかいて、廊下の生ぬるい水溜まりに座り込んでしまった。

土方は妙に構わず、悲鳴混じりの裏声で大騒ぎしながら奥へ駆け込み、間もなく武装した隊士たちがゾロゾロと出てきた。そして屯所の周囲をあちこち探索しはじめる。

「えれえことになったな」

「ああ、大騒ぎだ……」

二人は茂みの中で顔を見合わせ、やがて隙を見て頬っかむりを外し、ちゃっかり隊士たちに混じってあちこちを見回りはじめた。

「馬鹿馬鹿しい、誰もいねえのに」

「まったくよ。しかし案外、土方先生もそそっかしくて臆病なんだな。聞いたかよ、あの悲鳴」

珍平が言うと、朝太は顔をしかめた。

「誰だって厠でしゃがんでる時に襲われたくねえよ。大体おめえがいけねえんだ。厠へ来るのが妙さんか土方先生か、わかりそうなもんじゃねえか」

「何をっ、おめえだって、土方先生の尻見て生唾飲んでたじゃねえか」

「暗かったからな。まったくツイてねえ」

「しかしタエちゃんも、小便で火を消すたあ大したもんだぜ」

「それ言うなって」

やがて、当然のことながら外部からの侵入者は見当たらず、探索は打ち切られた。

朝太が、隊長の斎藤一と一緒に、土方の部屋へ行って異常のないことを報告すると、

「うむ、ご苦労」

土方は腕を組んだまま重々しく頷いた。

五

池田屋襲撃で名を上げた新選組は、幕府からの報奨金も出て、まさに絶頂期に

あった。

実際京の隅々にまでその勇名は轟き、市内巡察といっても浪士粛清の目的より、デモンストレーションの感が強く、さほど面倒な事件も起こらなかったのである。

隊士たちは、毎夜のように島原へ繰りだし、どんちゃん騒ぎに余念がなかった。

そんなある日のこと京都守護職、松平容保から「感状」と金が届けられ、新選組は近藤以下全員で島原へ繰りだすこととなった。

島原は、壬生の屯所から南に下り、中堂寺村を過ぎて西本願寺の西裏、住吉神社のそばにある遊郭である。といっても、まわりは全部タンボで、蛙や虫の声がやかましかった。

隊士たちと末席に座った朝太と珍平、酒は嫌いではないが、どうも幹部連中がいると気分が落ち着かない。

「おらぁね」

珍平が朝太に言う。

「入隊する前は、新選組は鬼のような奴らばかりだと思ってたが、みんな、近藤先生以下気さくなひとばかりで良かったと思ってる」

「うん」

「だが土方先生、ありゃあいけない。あんなに恐い顔して上座に座られていたんじゃ、ちっとも酒が旨(うま)くねえ」

「そうだな。ましてあの晩のうろたえぶりを見てるから、よけい白々しい」

「見栄(みえ)っぱりなのさ、きっと。本当はおれたちと少しも変わらねえくせに」

朝太は、珍平が何を言いたいのかわからなかった。

そして、座もにぎやかになった頃、

「さあ、今夜は無礼講だ。みんなどんどん飲んでくれ。歌をうたってもよいぞ」

大口の近藤が相好(そうごう)を崩してみなに言った。

「誰か、隠し芸でもやらぬか」

近藤の言葉に、人の良い沖田総司が余計なことを言いだした。

「桂さんと坂本さんの掛け合いが面白いんですよ。先生」

「なに？　そうかそうか」

近藤が、末席に座る二人の方に眼を向ける。聞いていた朝太はビックリした。とても局長や副長の前で漫才をやる気にはなれない。が、珍平は意外に冷静で、朝太に耳打ちした。

「願ってもねえことだ」

「何だと」

「おらあ一度あの土方先生を笑わせてみたかったんだ」

「珍平、おめえ……」

朝太は、長年一緒にいる珍平が、この時ばかりは薄気味悪く思えたものだ。

「新入りが出すぎるもんじゃねえ」

「無礼講じゃねえか」

「昔っから、ほんとの無礼講があったためしはねえ」

朝太はオロオロしていた。

「いいか朝太。おれたちゃ他人を笑わせて商売してきたんだ。おめえだって、人を笑わせることに生き甲斐を感じてたろう？　それにおれはムッツリ屋を見ると、よけい笑わせたくなる」

珍平は本気のようで朝太は途方にくれた。

「その、桂くんに坂本くん。隊士たちの間では人気者らしいが、ひとつわしにも掛け合いを見せてくれ」

近藤が上座から話しかけてきた。もう立たぬわけにはいかない。朝太は、珍平に引きずられるようにして座の中央に出た。

「ようよう」

隊士たちがはやしたてた。

「ああ……」

「どうしたどうした」

朝太は野次のなかで真っ赤になってしまった。かつて、どんな舞台に出てもあがったことなどなかったが、どうも陰気な顔でじっとこちらを見ている土方と眼が合うと、全身が委縮（いしゅく）してしまうのだった。

「ええ、朝太はあこがれの局長副長の前で、すっかり緊張しており、お聞き苦しい点もあろうかと思いますが、よろしくお付き合いのほどを」

珍平が馴れた口調で言う。

「ところで坂本さん、君は江戸にいた頃芝居をやっていたんだってねえ」

「そ、そーなんですよ桂さん」

「芝居つーとあれですか、やはり色っぽいやつなんか」

「ちょ、ちょっと待ってくださいい桂さん」

朝太は喋っていても、まるで気分が乗らなかった。受け答えもしどろもどろで、ツッコミがこうだからボケの珍平もまるで引き立たない。珍平も、さっきの意気込みはどこへやら次第につっかえがちになってしまった。

二人の息が合わずバラバラになれば、もう漫才なんてものではなくなる。

「ようよう、どうした朝太。つっかえてばかりで進まねえぞ、引っ込めぇ」

隊士たちの間から野次が飛び、朝太は脂汗でビッショリになった。

「朝太、もういい。おれ一人でやる」

珍平が言った。

「ええ、朝太は馴れぬ高級な酒に酔い、もうロレツが回りませんので、ここはひとつ、私一人でおとし咄を一席」

珍平がみんなに言い、朝太はほっとして席に戻った。

「ようよう、待ってました」

隊士たちがはやしたてる。かけ声ばかりでいい気なものである。

席に戻った朝太まで、急に陽気になって珍平に声をかけたからげんきんなものだった。

「ええ、お笑いを一席……」

珍平は上座に向かって正座し、ぺこりと頭を下げて話しはじめた。落語は本職だから得意なものである。さきほどの朝太の失策の挽回もかね、熱心に喋りはじめた。

「うわははは、さすがに江戸弁の啖呵はいい。立て板に水で気持ちがいいものだ」

近藤局長が大口を開けて笑い、珍平をほめるので、座も打ち解けて彼の啖呵は大いに受けた。

が、受けすぎたのである。朝太は悪い予感がした。珍平は次第に調子に乗って、身振り手振りが大げさになっている。

しかも、満場の爆笑の渦のなかで、唯一、土方だけが笑っていないのである。これだけ受けているのに、なおも悪ノリともいえる熱演は、当然土方に向けられたものだろうと朝太は思った。

悪ノリも頂点に達し、珍平は座を立ってユデダコ踊りをはじめた。近藤や沖田その他の隊士はみな涙を浮かべて笑いころげている。

（ああ、珍平の奴、やる気だ……）

朝太は心の中で手を合わせた。案の定、珍平は踊りながら次第に土方に近づいていった。土方は、糞面白くもないといった顔で、それでも眼だけは珍平を睨んでいた。

「ねーえ、土方先生ってばあ。どーしてそんな恐い顔してるのよぉ」

珍平は、ユデダコから一変し、オカマのように身をくねらせはじめた。土方は身を強(こわ)ばらせ、気味悪そうにしていたが、威厳だけは崩すまいとしているようだった。

隊士たちの中で、土方と付き合いの古い沖田や井上源三郎(いのうえげんざぶろう)などは、身内も当然だから遠慮なく笑いころげているが、土方の恐さを知っている連中は、次第に笑いをひきつらせはじめた。やがて大部分の隊士たちは、珍平の咄そのものより、土方の反応に興味を持ちはじめたようだ。それは、恐いもの見たさの心理に他ならない。

（ああ……）

朝太は再び情けないため息を洩らした。

なぜなら、土方の全身が小刻みにぶるぶる震えはじめ、色白の顔がみるみる青ざめてきたからだ。

（今に怒られるぞ。土方先生は、並みの人間じゃねえんだ。あの人は、他の人が笑うべきところで、怒る）

が、珍平は珍平で、土方の震えと顔色を見て、これは笑いだすのも時間の問題だと、さらに悪ノリをエスカレートさせていった。

「うん、もう憎いしと。つねっちゃうから」

珍平は事もあろうに、土方の強ばった頬っぺたを、ギュッとつねってしまったのだ。

「あっ……！」

これにはさすがの、近藤や沖田もびっくりして笑い止(や)んだ。いかに無礼講とはいえ、新選組広しといえども土方歳三の頬っぺたをつねった平隊士は珍平ただ一人であろう。

朝太は頭を抱えた。しかし珍平は、平気で愛敬をふりまいている。

その時である。

「ぶはっ！」

そんな声とも音ともつかぬものが土方の口から洩れ、いきなり両の鼻の穴からハナ水を飛び出させた。

「ひゃっ、ばっちい！」

珍平が驚いて身を引いた。

すると土方が立ち上がり、いきなり脇差の堀川国広(ほりかわくにひろ)をギラリと抜き放った。

「野郎、おれに恥かかせやがって！」

「ぎゃあ、お助け！」

脇差を構え、ハナを垂らしながらものすごい形相で迫る土方に珍平は慌てて後ずさった。どうやら腰が抜けたらしい。

「待て、トシ！」

「土方さん！」

近藤と沖田が止めに入り、興奮している土方を取り押さえた。その間に珍平も、ほうほうのていで下座に戻ってきた……。

——後日、沖田が大笑いしながら二人に事情を説明してくれた。

聞くところによるとあの日、土方は風邪気味で具合が悪く、鼻が詰まってとても宴会の気分ではなかったらしい。

「それで、具合が悪いのをじっと我慢しているのに、珍平さんが近寄ってつねったりしたものだから、とうとうハナ水が飛び出しちゃったんです。格好を気にする人だから、隊士たちに不様(ぶざま)なところを見られたと怒り狂ったんでしょう。まったく土方さんらしい」

そう言って沖田はまた笑った。

「落語やって斬られそうになったのは生まれて初めてだ……」

珍平は恐怖がよみがえったように、ブルンと身震いして言った。

「でも、おらあ諦めねえ……」

六

「あの、朝太さん、相談したいことがあるんですけど……」

ある夜、朝太は妙にそう言われた。

あれから深夜巡察の後、朝太はちょくちょく厨で妙と談笑するようになっていた。たわいのない雑談をするだけだが、妙ももう何となく朝太の好意に感づいているだろうと思っていた矢先で、朝太は激しく胸が高鳴った。

「何でしょう。私にできることでしたら、何でも致します」

朝太は勢い込んで言った。

妙は、ぽっちゃりした頬を桜色に染めてモジモジし、口を開くまで少し間があった。

「実はあたし、……好きな方がいるの」

「は、はあ……」

いよいよ胸は高鳴る。自分のことを言われているのではないかという気になってきた。

「でも、どうしていいかわからないの」

「その人は、もちろん隊の中の人ですね？」

「ええ」

「もしや、江戸にいた人では……」

「ええ」

そう聞くと、朝太は有頂天になった。よもや珍平じゃあるまいし、彼女が思いを寄せる相手は自分なのだと確信してしまった。

「あたし、どうしたらいいのかしら……」

「迷うことはない。気持ちはもう相手に通じていますよ」

「そんなことはないわ。それは、江戸から追ってきたのだから、少しは気づいているかもしれないけど……」

「え、江戸から追って……？」

雲行きが怪しくなってきた。どうも自分のことではないらしい。

「やっぱり朝太さんじゃ無理ね。悪いけど平隊士ですもの……」

「で、では妙さんの好きな人って……」

「そう、土方さま……」

「な、何だって……!?」

朝太は眼を丸くした。

「小さい頃からよく知っていたけど、もうあたしはあの方を、昔のようにトシさまって呼べない。あの方は、もう偉くなりすぎたんだわ」

「………」

妙の土方に対する慕情は、朝太の胸にも切々と伝わってくるようだった。何といっても、十六の娘が一人はるばる江戸から京都まで、恋しい男を追ってきたのだから。

だが、相手が土方ではどうにもなるまい。朝太はそう思うと、何だか自分まで悲しくなったようにうなだれるのだった。

――そんなある日のこと、朝太と珍平は道場で剣術の稽古をしていた。ふと朝太がひと息つくと、道場の片隅に一人の男が面をつけたまま座っているのを見つけた。

その胴の紋は左三つ巴。

「ひ、土方先生だ……」

朝太は、その男が滅多に道場に来ることのない土方だと知ると、意を決したようにつかつかと近づいていった。

「朝太、おい、おめえ何をする気だ……」

珍平が止めるのもきかず、朝太は土方の前に正座して言った。

「土方先生、一手お願い致します」

「………」

土方は無言。面鉄の奥からじっと朝太を見つめている。朝太にしてみれば、土方は恋敵のようなもので、また、剣を交えて親しくなれれば、彼の口から妙へ諦めるよう相談できるかもしれぬと思ったのだった。

そして、ちょっぴり恐いが、鬼と言われる土方の剣を見てみたいとも思ったのである。

しかし彼は座ったままだった。すると、やはり道場にいた沖田が近づいてきた。

「あれえ、土方さん居たんですか。道場に来るなんて珍しい。おとなしいからちっともわからなかった」

沖田の明るい声に、まわりの隊士まで、そこに土方が居たことを初めて知ったようだった。やがて沖田は道場の中央に進み、おどけた口調で言った。

「ええ、みなさん。これから土方さんと坂本さんの模範試合を行ないます。他の方たちは稽古をやめて見学してください」

聞いて、朝太は顔が熱くなった。これでは自分までいっぱしの剣客のようではないか。

「総司の野郎、余計なことを言いやがって……」

土方が、面鉄の奥で呟くのが朝太の耳にも入った。

土方もようやく立ち上がり、竹刀を構えて朝太と対峙した。審判役は沖田が買って出た。

「はじめっ！」

沖田の凜とした声が道場に響き、朝太はちょっぴり震えながら正眼に構えた。

土方は下段。いや、それはただ単に力なく竹刀を下げているだけのように見えた。

朝太は突進した。もとより、勝とうなどと大それた了見は持っていない。胸を借りるつもりで大上段に振りかぶり、勢いよく真っ向から突っ込んでいった。

「面ッ！」

「グウ……」

なんと、朝太の竹刀はものの見事に土方の脳天に炸裂し、土方は呆気なく、棒のようにどうと倒れてしまった。

「あっ、土方先生！」

朝太はびっくりして駆け寄った。

「どうしたんです、土方さん」

仰向けになったまま動かぬ土方に、沖田も驚いたようだ。

「そ、総司。面を脱がせてくれ……」

「はあ」

言われて沖田は、土方の半身を起こしてやり、朝太も手伝って面紐をほどいてやった。

「あっ……」

一瞬、面を外してやった朝太と沖田は、土方の顔をみるなり一歩飛びのいた。

土方の色白の顔には一面、赤紫色の斑点が浮かんでいたのである。

「ひ、土方さん、その顔は……」

沖田のビクビクした声に土方は苦笑した。

「馬鹿野郎。死んだ芹沢じゃあるめえし、おれが妙な病気になんかかかるかよ。これは風疹だ」

「風疹、ですか……」

「顔がみっともねえし、気分が悪いから面をかぶって隅で休んでたんだ。それなのにこの野郎が、一手お願いしますと来やがった。総司までみんなに言うもんだから、またかかなくていい恥かいちまった」

苦虫を嚙みつぶしたような顔で言い、ようやく土方は二人に支えられて立ち上がった。

「畜生、病人を思いきりブッ叩きやがって」

ぶつぶつ言う土方を奥へ連れていき、朝太は布団を敷いた。

「風疹とはまた、可愛げのある病気にかかったものですね。でもこないだの宴会から、土方さん踏んだり蹴ったりだ。最初から、こうしておとなしく寝てればいいのに」

「早く、石田散薬もってこい……」

「風疹に効きますかねえ」

石田散薬とは、土方が生家の武州多摩に居た頃、作って売っていた家伝の妙薬である。本来は傷や打ち身に良いのだが、白湯ではなく酒と一緒に飲み下すので万病に効くということだ。

朝太はもう、横にいながら緊張と恐縮のしっぱなしだった。

七

そんなこともあり、朝太は自然に土方と接する機会が多くなった。もちろん軽口ひとつ言えるわけではなく、ほとんど沖田と一緒で相伴に与るだけであったが。

そんなある日、朝太は土方の部屋に呼ばれた。珍平が眼を丸くしていた。

「お、お前、いつから土方先生と仲良くなったんだ……？」

朝太は苦笑して、珍平の驚いた顔を後に土方の部屋へ行った。

土方は腕を組んで座っており、朝太が来ると彼の前に一通の手紙を差し出した。

「明日、江戸に使いが出る。ついてはこの手紙と金を妙に持たせ、一緒に江戸へ帰そうと思うのだが」

「た、妙さんを江戸に……？」

朝太は驚いて土方を見た。

「長州の動きが活発になっている。今に大きな戦になるだろう。その前に、妙を江戸に帰したいが、朝太、お前は妙と親しいようだから説得してくれ」

「し、しかし、妙さん、おとなしく帰るでしょうか……」

「だからお前に頼むのだ」

「はあ……」

「よいか、江戸へ帰り、良い男と早く一緒になれと言ってやれ。新選組に居る人間は、いずれみな死んでゆく身だ。このようなところに、若い娘が長く居るものではないと」

朝太は手紙と金を持ち、土方の部屋を辞した。

土方の優しさは充分に理解できたが、何といっても朝太は妙との別れが辛かった。

「嫌です！」

思ったとおり妙は拒んだ。

「そ、そんなこと言ったたって、これは副長命令なのですから、私に言われても困ります」

「土方さまが戦で死ぬなら、あたしもこの屯所で死にます」

妙は涙声になり、両手で顔を覆った。

朝太も辛くなって、妙の前に手紙と金の包みを無理やり置くと、そのまま厨を出てきてしまった。

「どうしたい、朝の字」

部屋でしょんぼりしていると、珍平が話しかけてきた。

「一緒に島原へでも行かねえか？　久しく女抱いとらんから、身体が火照って火照って。……あれ？　どうした」

「あ、あんた泣いてんの？」

珍平は俯いている朝太の顔を覗き込んだ。

「やかましいやい！」

怒鳴りつけ、朝太はそのままゴロリと横になり、珍平に背を向けた。珍平はなおも何か言おうとしたが、そっとしておくのが上策と、そのまま部屋を出て行った。

その晩、朝太は妙の部屋に忍んでいった。

もう、妙は明日にも江戸へ出立させられてしまうだろう。だから何としても今夜のうちに自分の秘めた思いを打ち明けようと、意を決しての夜這いを敢行したのである。

朝太が、妙の部屋の襖を細く開けて中を窺うと、まだ行灯がついていて、室内はぼうっと薄明るかった。

「妙さ……」

朝太が呼びかけようとした時、朝太は中の異変に気づいた。そして素早く中に入り、妙に跳びかかっていった。

妙は、折しも懐剣を抜き、喉元に突き立てようとしていたところだったのである。

「止めないで、朝太さん！」

「いけないよ妙さん。早まるんじゃない！」

しばし揉み合いが続き、ようやく朝太は彼女の握りしめた懐剣を奪い取り投げ捨てた。

戛！　と懐剣が柱に突き刺さった。

「ああっ……」

妙はがっくりと放心したように、朝太の腕の中で力を抜いた。甘酸っぱい少女の匂いが朝太の鼻をくすぐる。見ると、妙の白い喉元に、懐剣でちょっぴり傷つけたか浅い傷があり、ぽつりと血の玉が浮かび上がっていた。その赤さは、妙の若さの躍動と情熱そのもののように鮮やかであった。

「妙さん……」

朝太は愛(いと)しさに負け、思わず妙の傷ついた喉元に唇を押し当てた。

「何の騒ぎだ。一体この夜中に」

そこへ、厠へ立ったか、ちょうど土方が通りかかり、開いている襖から首を出した。

「あっ！」

「あっ！」

土方は驚いてピシャリと襖を閉め、同時に朝太も妙から飛び離れた。

八

「どういうつもりだ、朝太」

翌日、土方の部屋で、緊張している朝太を前に、土方は憮然と腕を組んでいた。

「おれは妙に、江戸へ帰るよう説得しろと言ったはずだ。誰が夜中に抱き合えと言った」

「はあ、申し訳ありません……。でも妙さんが自害しようとしたから慌ててしまって……。それに、その自害だって、土方先生が原因なんです」

「馬鹿野郎！　責任をおれになすりつける気か？」

土方は声を張り上げた。

と、その時、声がかかって珍平が部屋に入ってきた。

「土方先生。近藤局長がお呼びです」

「おお、すぐ行く」

土方は答え、一礼して出ていく珍平を見送り、怪訝そうに朝太を見た。

「おい、あいつ、いつから近藤と仲良くなったんだ」

「さあ。きっと宴会の時からでしょう」

珍平の咄はあの晩、いちばん近藤に受けていたのだ。

「ふん、咄家が局長に気に入られるようじゃ、新選組もおしまいだあ」

「はあ……」

朝太は答えながらも、思わず吹き出しそうになってしまった。自分だって、芸人のおれを使い走りにして重宝してるじゃねえかと思ったのである。

しかし珍平のおかげで、何とか妙に関する説教は終わったようだ。土方は近藤の部屋に行き、朝太も三番隊の大部屋へ戻った。

「珍平。何かあったのか？　妙に幹部連中が意気込んで局長の部屋に行くが」

部屋に居た珍平に訊（き）いた。

「ああ、何でも近藤先生の話じゃ、お前に似たような名前のドサ廻りが潜伏していたんだと」

「おれに似た名？」

珍平の言葉に、朝太は首をひねった。

そこへ、隊長の斎藤一がやってきて、朝太と珍平を呼び出した。

「二人とも、いよいよ初陣（ういじん）だ」

斎藤に言われ、二人は震え上がった。そう、すっかり忘れていたが、自分たちも新選組の隊士だったのだ。何も宴会芸や恋愛のために雇われていたわけではない。

「土佐の坂本竜馬が、伏見寺田屋（ふしみてらだや）に潜伏していることがわかった。指揮はおれと沖田君がとる。すぐ支度するように」

「全員出動ですか？」

「いや、おれと沖田君、そして君ら二人だ」

「ひえっ、たった四人で……？」

「大丈夫、相手がいかに北辰一刀流の免許皆伝でも、たった一人だ。他に仲間がいるかもしれんが、なあに、みんなでかかれば恐くない」

「は、はあ……」

「それに、実際の手入れに当たるのは伏見奉行所で、見廻組も一緒だ。新選組からは、ほんの三、四人の助太刀だけでいいと言われている」

「そ、それならせめて、もっと強い人を連れてけば……」

「いや、君ら二人は土方先生の指名だ。早く修羅場に馴れるようにとの思いやりでな」

「とんだ思いやりがあったもんだ」

二人はガタガタ震えながらクサリ帷子を着て、「誠」の鉢巻に胴をつけ、大刀を腰にブチ込んでダンダラ羽織を着た。馬子にも衣装で、見かけだけは精鋭の新選組隊士である。

「じゃ行きましょうか」

外へ出ると、沖田総司が散歩にでも行くような気楽な口調で言った。

武装した四人の新選組隊士、沖田、斎藤、そして朝太と珍平は伏見街道を歩き、やがて伏見奉行所に来た。中には、見廻組の連中が先に来て待機していた。新選組とは仲が悪いので誰も口をきかない。

「人を斬るときは、道場での稽古と同じ気持ちでいることだ。平常心、わかるな?」

斎藤一が言う。

しかし、いくらそう言われても落ち着けるものではない。朝太と珍平は、見廻組の失笑も気にせず、何度となく厠に立った。

奉行所で夜半まで時間をつぶし、やがて連れ立って寺田屋へと向かった。

寺田屋も、伏見街道に面した旅籠で、宇治川から入り込んだ水路の岸にある。

たどり着くと、寺田屋の周囲はほとんど奉行所の捕吏や見廻組が固めていた。

「何だ、新選組はお呼びでねえってか」

斎藤が不満そうに言い、それでも四人それぞれに散って軒下に身を潜めた。

「朝太、おらあまた小便がしたくなった」

「おらあ何だか腹が減るような感じだ」

朝太と珍平は息詰まる緊張の中、不安を紛らすように囁き合った。それに、クサリ帷子や大小の刀、胴や脛当てなどがひどく重くてフラつく。と、その時、窓からほんのりと湯気が漂い、ザブリと水音がした。

朝太と珍平が窓から中を覗くと、どうやらそこは風呂場のようだった。

「お、女だ……」

珍平が呟き、ゴクリと生唾を飲み込んだ。

中は立ち籠める湯気でよく見えないが、身体のよく引き締まった艶っぽい女が湯に入っていた。湯に濡れた白い肌が上気して桜色に染まり、湯の匂いに混じって女の香りもほのかに漂ってきた。

「た、妙さん……」

あまりの緊張と湯気で錯覚したか、朝太は思わず口走った。

「誰ッ!?」

女が窓を振り向き、二人は慌てて首を引っ込めた。

しかしすぐに、また二人はそろそろと顔を上げて覗こうとした。途端、二人はいきなりザブリと湯を浴びせられてしまった。

「ひえっ……」

二人が驚き、慌てている隙に、女は裸のままどたどたと風呂場を出ていってしまった。

「おい、二階の灯りが消えたぞ。感づいたな。よし、踏み込め！」

見廻組の声がした。

やがて間もなく数人の男たちが寺田屋へ踏み込み、内部はたちまち騒然となってきた。

もちろん風呂に入っていたのは竜馬の愛人おりょうであり、彼女が裸のまま二階へ駆け上がって危機を知らせたのだが、そんなことは朝太も珍平も知らない。が、間もなく、二人の目の前に一人の男が落ちてきたのだ。恐らく二階から飛び下りたのだろう。

「いててて」

男は片足を押さえてぴょんぴょん跳びはねた。着地したとき足をくじいたらしい。

「あ、大丈夫ですか？」

珍平が声をかけた。男は黒紋付にヨレヨレの袴、髪は癖っ毛でボサボサであった。かなり大柄で、その割に短い刀を差している。

「え？」

男は顔を上げ、心配そうに見ている二人と眼が合うと、にっこりと笑った。

「やあ今晩は」

「今晩は」

「ちょっとくじいただけで、なあに大丈夫です」

男は背を伸ばし、何度かくじいた足を屈伸(くっしん)させてトントンと足を踏みならした。

「何なら、そこの奉行所に戻って休みますか？　駕籠(かご)も呼べるけど」

朝太も言った。

「いえいえ、それには及びません。本当に大丈夫です。ご心配かけました」

「いえいえ」

「では左様なら」

「左様なら」

男は去っていった。すると、ほとんど同時に、沖田と斎藤が二人の前にやってきた。

「君たち、竜馬が逃げたからそのへん探してくれ」

「はいっ」

二人は慌てて周囲を探りはじめた。

「なあ朝太よ。さっきの人な、奉行所とは反対の方へ歩いていったな」

「ああ、見廻組か役人にしちゃ、ずいぶん愛想が良かったな……」

「ま、まさか……!?」

珍平が顔色を変えた。朝太もびっくりして声を上ずらせた。

「あ、あの男が坂本竜馬!?」

九

「なにっ！　挨拶（あいさつ）して別れただと！」

報告を受けた土方が、烈火のごとく怒った。

「今晩は左様ならで済んだら、新選組なんか要らねえじゃねえか！」

土方は満面に怒気をみなぎらせていた。

取り逃がしたことは、沖田や斎藤、奉行所や見廻組なども同様なのだが、朝太と珍平は竜馬と言葉まで交わしているのだ。

土方には、二人の間抜けぶりが腹立たしかったのだろう。また、見廻組を出し抜いて、新選組の手柄にしたかったのかもしれない。

「朝太の野郎、こんなことまで細かく報告するから大目玉食うんだ。お喋りめ……」

珍平がぶつぶつ言っている。実際、何も言わなければご苦労の一言で済んだのだが、もしやあれが竜馬だったかもしれないなんて朝太が口を滑らせてしまったのだ。

「まあ、勘弁してやってください」

斎藤が土方に取り成す。

「指揮を取った私たちの責任ですから。沖田は懸命に笑いをこらえていた。二人ももう反省しているようですし……」

「いや、許すわけにはいかん」

斎藤の言葉を遮り、土方はきっぱりと言った。朝太と珍平ははっと顔を見合わせた。士道不覚悟で切腹を命じられるのではないだろうか……。

「土方さん」

「総司は黙ってろ。いやしくも刀を差していながら、町人のように敵と世間話するなどもってのほか」

「で、では……」

「朝太と珍平は今日から三日間、二人だけの深夜巡察を命じる」

土方の言葉に、二人はほっとした。切腹でなければ何だっていい。

「ただし、昼間の勤務も平常通りとするからな。三日間寝ずに頭を冷やせ」

二人は頭を下げ、土方の部屋を出た。

「ツイてねえ。笑わすのは命がけだが怒らすのは簡単だ。とにかく、三日間眠れねえな。切腹よりはずうっとマシだが」

「竜馬も竜馬だ。新選組の羽織を見ても、にこやかに話しかけてきやがった。よっぽど肝(きも)っ玉(たま)が太(ふて)えか、おれらがナメられたか」

ブツブツ言いながらも、命令には逆らえず、二人は眠い目をこすりながら深夜巡察に行った。沖田と斎藤が同情して、ふた晩めまではそれぞれ一人ずつついて来てくれたが、さすがに疲れたか、三日目の晩は朝太と珍平の二人だけで行くことになった。

夜の京の街、月灯りだけで人々はひっそりと戸を閉ざし眠りについている。どこからか、野犬の遠吠えが聞こえてきた。二人とも睡眠不足と疲労でフラフラになっていた。

珍平はしきりに生あくびを連発していた。

しかし朝太の方は、眠気よりも心細さの方が強かった。沖田や斎藤が一緒にいない夜の街は、今にも闇の中から勤皇浪士が飛び出してきそうな気味悪さがある。珍平じゃ頼りにならないし、ダンダラ羽織を着ている以上いきなり逃げだすわけにもいかない。

それに今度失策をしたら、間違いなく切腹であろう。土方は規律の鬼だから、いくら親しい人間でも身内でも、顔色ひとつ変えず死刑の宣告をするに違いない。

「なあ朝太よ。どこかでひと眠りしねえか？　異常ナシって言えば済むさ」

「お前は、のん気でいいよ……」

珍平の言葉に、朝太は嘆息した。

「何がよ」

「いいか？　この羽織を着ている以上、浪士が見つけたらすぐに跳びかかってくるんだぞ。とっても眠れる気分じゃねえ」

「へっ、なに言いやがる。この羽織見たら、相手の方で逃げてくれらあ。第一、ゆうべもその前も、何も起こらなかったじゃねえか」

二人は鴨川のほとりまでやって来た。

水面に月灯りが映え、チョロチョロと心地よいせせらぎが聞こえてきていた。

「おっ、こいつぁおあつらえむきだ。おらあこの橋の下で寝るぜ」

珍平は川原に下り、橋の下に潜り込んだ。

そこには、物乞いでも置いていったのだろうか、ボロボロのむしろが二枚あった。

珍平は、その一枚を広げて、ゴロリと横になってしまった。

（ここなら、人目にもつかねえし、朝まで眠ってても平気かもしれないな……）

早くも寝息をたてはじめた珍平を見て、朝太も急に睡魔に襲われてきた。それに珍平が寝てしまった以上、自分一人で巡察を続ける気にもなれなかった。やがて朝太も珍平に並んで橋の下に仰向けになり、頭からむしろをかぶった。そして間もなく泥のように眠りこけてしまった……。

――どれぐらい眠っただろう。朝太は人の気配に目を覚ました。空はまだ暗く、隣では珍平が高いびきをかいている。

ドサ廻りの頃から野宿には馴れているが、さすがに疲れのせいか、身体中が痛んだ。

足音が近づいてくる。

橋の上を通過するらしいが、こんな時間に一体何者か。足音は一人のようだ。朝太は思わず、自分と珍平のむしろで二人の全身を隠し、珍平の鼻をつまんでいびきを抑えた。

（どうかこのまま、何事もなく通り過ぎますように……）

朝太は祈りながら、全身に脂汗をかいた。

とても飛び出して誰何するような度胸はない。しかし、朝太の祈りも通じず、足音は二人の頭上で停まった。

同時に、囁くような声がする。

「桂さま……。あたしです。幾松……」

女だった。丸みのある柔らかな声の中にも、凜とした気迫と、切迫した響きがあった。

女は重ねて呼びかけてきた。

「桂さま……」

すると、

「はいはい」

珍平が寝呆けたまま返事をしてしまった。

すると、橋の下へ下りかけようとしていた女が、はっと立ち止まった。

もう仕方がない。朝太はむしろを蹴って跳び起きた。女一人なら何とかなりそうだ。

しかもこの女は、ここで誰かと待ち合わせていた節がある。

「あのう、どなたですか」

朝太が女に訊いた。乱暴な言葉は性に合わない。それに起ち上がった勢いも、彼女の美しさにタジタジとなり、昔の癖でつい腰を低くしてしまった。

女は二十三、四の中年増で、芸者ふうの華やかな雰囲気を持っていた。

「し、新選組……」

女は眼を丸くして身じろぎ、切れ長の美しい眼でじっと朝太を睨みつけた。

「桂さまって、一体誰です?」

朝太が訊いた。

するとと珍平がむっくり起き上がり、

「咄家の桂はおれだがね」

と、まだ寝呆けていた。

すると、女はくるりと背を向け、ぱっと逃げだそうとした。反射的に朝太は跳びつき、一緒になって川原に倒れた。

「きゃっ！」

女は朝太の腕の中で、まるで蜘蛛に捕らえられた蝶のようにもがいた。

艶めかしい脂粉の香りと丸みのある肉体に、朝太は思わず身体の芯を熱くさせた。

「あれあれ、朝太。お前なにやってる。いくら新選組でも、女を手込めにしちゃいけねえよ」

珍平がそばにやってきて言った。そして女の顔を覗き込んだ途端、

「ぎゃん！」

珍平がいきなり女に顔をひっかかれて悲鳴をあげた。朝太もさんざん、あちこちひっかかれたり噛みつかれたりで、傷だらけになった。やがて、女も暴れ疲れたように、朝太に抑えつけられてグッタリと動かなくなった。

甘い匂いのする髪がほつれて汗ばんだ顔に何本か貼りつき、大きく胸を上下させて喘ぐ様が、何とも艶っぽかった。

「御免なさい、乱暴して……」

朝太も息を弾ませ、抑えつけながら、恐縮したように言った。

「素直に答えてください。あなたの名は？」

「………」

女はふんと横を向いた。

すると珍平が、

「言わないとくすぐるぞお」

からかうように言い彼女の目の前で両の指をイヤらしく蠢かせた。これは珍平の癖で、この手でいつも飯盛女に嫌われているのだ。

「い、幾松……」

彼女は薄気味悪そうに身を縮め、小さく答えた。

「幾松さん。で、あなたが会おうとしていた桂さんって、誰です？」

「……!?」

幾松は唖然としたようだ。京で桂といえば三歳の童子でも知っている。

「……桂小五郎」

幾松はヤケになったように言った。

が、朝太と珍平はこれでもわからない。

「それは何をしている人です？　見たところあなたは芸者さんのようだが、逢引きにしちゃ時間が遅すぎる」

「もう止せよ、朝太。可哀相じゃねえか」

珍平が言葉を挟んだ。

「見ろ。この人の懐にゃ握り飯の包みが入ってる。きっとこの人のコレは物乞いかなんかでさ、そっと廓を抜け出して弁当を届けにきただけじゃねえか。放してやれよ」

「物乞いとは何です！」

珍平の言葉が終わらないうちに幾松は抑えつけている朝太を跳ねとばして起き上がった。

「ああ焦れったい！　あんたたち、本当に桂小五郎を知らないの!?」

幾松は悔しげに身をよじった。

「はあ、御免なさい……」

「そんなら言ってやるわ。物乞いと思われたんじゃあの方の名に関わるから。いい？　桂さまは、長州藩倒幕派の中心人物よ」

「おおっ！」

二人は同時に声をあげた。ここまで言われれば、いくら鈍い二人にも解る。

「あ、あの、済みませんが、一緒に屯所まで同道願います。御免なさい」

朝太は謝りながら、ふたたび幾松の腕を取り、珍平も慌てて反対側の腕を摑んだ。

いつまでもこんなところでモタモタしていると、今に本当の桂小五郎がやってくるかもしれない。本当ならそっちも捕らえたいところだが、名前からして強そうだ。

「まったくもう！　あんたたち鈍すぎるわよ。だからあたしまで言わなくていいことまで言っちゃったんだ」

両側から抑えられ、歩きながら幾松が地団太踏むように言った。

「あのう、もひとつお願いがあるんですが」

珍平がおそるおそる言った。

「何よ！」

「桂さんとは会えなかったんだから、その握り飯、頂いていいですか？　もう腹が減って腹が減って……」

「勝手に食えばいいでしょッ！」

言われて、珍平は幾松の懐中から包みを取り出した。大きな握り飯が二つ入っている。

珍平と朝太は一つずつ頬張った。

「旨(うめ)え！　旨えよ、姐(ねえ)さん」

「ああ、それにまだあったけえ。姐さんの温もりが残ってるんだな」

二人の無邪気さに、幾松は呆(あき)れたように黙りこくってしまった。

そろそろ東の空が白みはじめていた。

十

桂小五郎の愛人幾松を捕らえてきたことで、朝太と珍平は土方から大いにほめられ、竜馬を逃がした失策を挽回することができた。

しかもその日は充分な休養を取るように言われ、二人は昼間から寝ることにした。しかし、朝太はどうも眼が冴(さ)えて眠れなかった。

「あの人、どうなるんだろう」

朝太の言葉に、珍平が眠そうに答えた。

「桂小五郎の居場所を訊くだけだろ」

「すると、小五郎の命が危ない。彼女も生きていないだろう。だったら、最初から答えるはずはねえ。みすみすおれらに捕まったぐらいだから、覚悟はできてるんだろう……」

「知らねえってば、土方先生の仕事だ」

「拷問(ごうもん)されるかもしんねえな……」

朝太がむっくり起き上がると、珍平はもう気持ち良さそうにいびきをかいていた。

「よく眠るね、お前は」

朝太は呟き、そっと部屋を出た。庭を廻り、幾松が監禁されている土蔵に行ってみた。

土蔵の扉は半開きになっていたが、その前に沖田総司が座って張り番していた。

朝太が近づくと、沖田はいつになく不機嫌そうに彼を見上げた。

「ダメですよ。入っちゃ」

具合でも悪いのだろうか、沖田の顔は青ざめていた。朝太は入るのを諦め、半開きの扉からそっと中を窺った。

幾松が、荒縄で後ろ手に縛られ、きりきりと食い込んだ縄が着物の胸の脹らみを強調していた。血の気の失せた頬にかかる後れ毛が、何とも痛々しく妖しげな色気をかもしだしていた。そして、彼女の前に土方歳三が仁王立ちになっていた。

「さあ、桂の居場所を教えて頂こう……」

土方が静かに言った。端で聞いていても、ぞっとするような凄みがあり、朝太は背筋が寒くなった。

幾松はそれでも唇を噛んでじっと身を硬くし、美しい長い睫毛を伏せていた。

「………」

焦れたか、冷たく見下ろしていた土方が、愛刀、和泉守兼定二尺八寸をスラリと抜き放った。青く光る刀身を見て、幾松ははっと身じろいだが、すぐに挑戦するように土方の眼をきっと睨み上げた。土方は、震えながらも懸命に恐怖と闘い、自分を睨む幾松の白い喉元に、すっと切っ先を突き付けた。

「あっ、土方先生……」

朝太は、沖田が止める間もなく土蔵の中に飛び込み、白刃と幾松の間に身を置いた。

「や、やめてください……」

「何だ。おとなしく寝ていろ、馬鹿!」

土方は朝太を押しのけようとした。

「いいえ、この人を屯所に連れてきたのは私の間違いでした。どうか許してやってください」

「なに寝呆けてやがる。おれだって斬るとは言ってねえよ。桂の居所さえ喋れば」

「この人は絶対に喋りませんよ」

「なに」

「惚れた男のために死のうとしてるじゃないですか。見てわからないんですか」

「野郎、誰に向かって言ってるんだ！」

土方は完全に朝太に向き直った。

朝太は鋭い目に射すくめられ、腰が抜けてその場にヘタヘタと座り込んでしまった。

（ああ、おれったら何てことを……）

後悔したがもう遅い。今度こそおしまいだと思い、慌ただしく念仏を唱えた。

「待て、トシ」

その時、いつ来たのか近藤勇が土蔵に入ってきて言った。

「白刃を突き付けられて一歩も退かぬとは、大した女丈夫だ。朝太の言うとおり、死んでも口は割らんだろう。刀を引け、トシ」

「…………」

さすがに貫禄充分の近藤だ。土方もいまいましげに幾松と朝太を睨みつけると、パチーンと鍔鳴りをさせて刀を納め、そのまま土蔵を出ていってしまった。

「総司。朝太と一緒に幾松の縄を解いてやれ。そして暫く休養を取らせてから、後は自由にしてやるんだ」

近藤の言葉に、沖田が一変してにこやかに土蔵に入ってきた。

「戦は男がするもんだ。女子供にゃ関係ない。それにわしは、女をいじめるのは好かんでな……」

近藤は照れたように呟き、やがて土蔵を出ていった。朝太は沖田と一緒に幾松の縄を解いてやった。

「おれが捕まえたばっかりにこんな事になって、御免なさい」

朝太は幾松に頭を下げた。

「謝ってばっかりなのね」

幾松はクスッと肩をすくめ、寂しそうに笑った。そして立ち上がりながら、細い指で後れ毛をかき上げた。

「良かった。朝太さん、やっぱりいい人だ」

沖田が言う。

「あなたがここへ来たとき、僕はてっきり自分の手柄を自慢しに来たんじゃないかと思ったけど、まさか土方さんの刀の前に飛び出すとは思わなかった」

朝太は照れて頭をかいた。しかし、沖田の言葉で土方を思い出し、あらためて震え上がった。やがて幾松は、沖田に連れられて屯所の中に入っていった。厨でも行って食事させるのだろう。朝太は暗い気持ちで、珍平の寝ている部屋に戻った。

「なに、どしたの？」

珍平が眼を覚まして起き上がった。

「今度こそ切腹になるかもしれねえ……」

「おめえ何やったんだ。おれが寝てる間に」

「土方先生に啖呵(たんか)きっちまった」

「ば、馬鹿か、お前……。せっかく今朝ほめられたばっかしなのに……」

朝太は珍平に構わず、頭から布団をかぶってしまった……。

——夕方になって、二人の部屋に沖田がやってきた。

「朝太さん、土方さんが呼んでますよ」

「ひえっ……！」

朝太は目の前が真っ暗になった。それでも行かねばならない。珍平が一緒についてきてくれた。やはりこういう時は友だちである。

「坂本朝太、参りました……」

土方の部屋の前で声をかけたが、どうしても膝がガクガク震えてしまった。襖を開けると、土方はこちらに背を向け、庭を見て腕を組んでいた。開け放たれた縁から、真っ赤に染まっている空が見えた。

「来たか、入れ。珍平も一緒で良い」

土方がチラと振り向き、静かに言った。怪訝な思いで二人は部屋に入り、身をこわばらせて正座した。

「………」

長い沈黙に、二人は息が詰まった。

やがて土方が、庭に眼をやったまま、独りごちるように穏やかな声で口を開いた。

「しれば迷い、しなければ迷わぬ恋のみち、か……」

「はあ？」

「朝太、お前……」

土方がこちらに向き直った。

「おれを、女になど惚れぬ男だと思っているのだろう」

「い、いえ……」

「惚れた男のために命を投げ出す女、おれがそれぐらい気づかぬと思っているのか」

「…………」

「だが、それは人間としての、土方歳三の気持ちでしかない。今のおれは新選組副長なのだ。隊のため、僅かでも見込みがあれば鬼にもなる」

いつになく静かな土方の口調に、二人はしんみりとなった。

「……わかりました。以後は出すぎぬよう気をつけます」

「今後は許さぬぞ。行って良い」

土方に言われ、二人は一礼して部屋を出た。そして二人同時に太い吐息をつく。

土方の全身にのしかかっている義務と責任の重さが、垣間見(かいまみ)えたような気がした。

部屋に戻ろうとすると、廊下でばったり沖田と会った。

「やあ、幾松さんが、朝太さんにお礼言ってましたよ」

「まあ……。で、幾松さんは？」

「いま帰るところです。まだ間に合うかもしれない」

それを聞き、朝太と珍平は彼女を見送りにいった。

屯所の門を出ると、行きかけた幾松が二人に気づいて振り返った。

「あんたたち……」

「へへ、姐さん、おれも桂ってんだ。また姐さんの握り飯が食いてえな。小五郎が羨(うらや)ましいよ」

「ここを辞めて一緒にいらっしゃいよ。そしたらまたこさえたげる」

幾松はそう言い、艶然(えんぜん)と笑った。

そして朝太に向き直り、

「あんたも、死ぬほど惚れた人がいるんじゃないの？」

と言った。朝太は赤面した。

「大事にしたげなさいよ」

幾松はそう言って二人に笑いかけ、やがて背を向けて歩きだした……。

――その夜、朝太は厨にいる妙のところに顔を出した。妙は、再三土方から江戸に帰るように言われていたが、相も変わらず屯所の厨に居着いてしまっている。

「あら、朝太さん。なあに？」

「わ、私は、妙さんを、……あ、あいらぶきゅうです」

朝太は、新選組内で行なわれている英語の授業で教わったばかりの愛の告白をしたが、もちろん意味は通じずに、妙は小首をかしげていた。

十一

さて、それから月日は流れ、慶応三年（一八六七）も暮れ、朝太と珍平は何事もなく二十三歳になっていた。

もっとも、何事もなくといったところで、それは二人の身の上だけに限り、歴史や新選組内部ではさまざまな事件が起こっていた。歴史上では徳川慶喜が将軍となり、坂本竜馬、中岡慎太郎が暗殺され、そして大政奉還。

新選組内部でも、西本願寺への屯所移転や優しかった総長山南敬助の切腹。

伊東甲子太郎一派、高台寺党の暗殺。隊規違反による隊士粛清の嵐等々、まさに世上も隊内も騒然となっていたのである……。

まあ、歴史の流れや細かいエピソードなどは専門書に詳しいのでそちらに譲るとして、本編では朝・珍コンビに焦点を当てよう。

そんなおり、近藤勇が伊東派の生き残りに狙撃され、負傷するという事件が起きた。

これで新選組の実権は、近藤から土方歳三の手に委ねられたのだ。

「やだねえ、毎日毎日物々しくて……」

珍平が刀の柄巻を巻き直しながら言った。

見かけはいっぱしだが、この三年間、朝太も珍平も、まだ一度も人を斬っていない。

「土方先生も神経をピリピリさせてやがるし、笑わぬ男が、余計しかめっ面になっちまった」

どうも珍平は人生目標を、土方を笑わせることに絞ったようだった。こんな目的で、長く新選組に居る人間も珍しい。

「沖田さんも労咳で、怪我をした近藤先生と一緒に大坂へ行っちまうし、寂しくっていけねえや」

「ああ、おらあ何だか江戸に帰りたくなっちまったな……」

朝太も呟き、ちらと妙のことを想った。まあ、妙と一緒に江戸で暮らすなんて夢は、夢のまた夢に違いない。妙はその後屯所を出て、壬生にある髪結床（かみゆいどこ）に見習い奉公していた。あくまでも京に残る肚（はら）らしい。

朝太は、何度か屯所が移転しても、懐かしい妙の居る壬生に、ちょくちょく足を運んでいた。

この三年間それなりに親しくはなっているが、まだ手さえ握ったこともなく、一体こちらに気があるのかどうかさえ判らなかった。

年が明けて慶応四年一月三日。鳥羽（とば）・伏見の戦いの幕が切って落とされた。伏見奉行所に陣取っていた新選組は、薩軍（さつぐん）の砲火を受け、あっというまに本陣が燃え上がってしまった。

「何だ何だ！」

互いに斬り合いをすると思っていた二人は面食らった。敵の姿もよく見えないうちドカンドカンと大砲を撃ち込まれたのだ。

「新選組、行けーっ！」

土方歳三ひとり張り切っていた。

しかし、大砲の後は間断なくバリバリと小銃弾が飛来して、進むに進めなかった。

幕軍は、新選組以下多数の死傷者が出た。

夜半に入ってから白兵戦を挑んだが、あまり結果は思わしくなかった。

戦闘の後、土方は仮本陣にいる朝太と珍平の前に来て言った。

「もうお前ら、江戸に帰れ」

「えっ!?」

二人はびっくりした。土方の口から、まさかこんな言葉が出るとは夢にも思っていなかったのだ。

「だ、だって、局を脱するを許さず、って、局中法度に……」

「もう、新選組は失くなったも同然だよ。こないだ、大坂城の総司を見舞った時な、奴に頼まれたんだ。あの二人は、戦のできるような人間じゃないってな。何かの間違いで新選組に入ってずるずると居続けただけだから、もう解放してやれと」

そう言って土方は寂しげに笑った。

「ひ、土方先生……」

二人の眼に涙が溢れてきた。

土方は、淡々とした口調で続けた。

「実は、明後日の晩、我々は幕府の軍艦で江戸へ撤退することとなった。が、負傷者が多くて君らまで乗せてやることはできない。長いことご苦労だったが、この地で別れよう。さいわい君らは、三年来の同志でありながら、一度も人を斬らず敵にも顔を知られていない。難なく江戸へ帰れるだろう。もし、おれも生き延びたら、江戸のどこかでまた会えるかもしれない。……有難う。君らのおかげで随分と心が和んだ」

「………」

「明晩、戦没者の弔いもかねて、我らの門出を祝し、宴を催そうではないか」

二人は土方の優しさに心うたれ、汗と泥にまみれ真っ黒になった顔を、熱い涙で濡らすばかりであった。

十二

「妙さん、おれと一緒に江戸へ帰ろう。いや、ぜひ帰ってほしい」

翌日、朝太は壬生の妙に会いに行った。

妙は髪結いの仕事を抜け出し、朝太と路地に入って立ち話した。

「朝太さん……」

「土方先生も沖田さんも、みんな江戸へ帰るんだ。おれたちは軍艦に乗れないけど、江戸へ行けば、またあの人とはどこかで出会えるさ。なあ、頼むから江戸へ帰ってくれ」

「……朝太さん、どうしてそんなにあたしのことを」

妙が俯き、今にも消え入りそうな声で言った。

「そんなこと、わかってるくせに……」

朝太は激情がこみ上げ、後は言えずにいきなり妙を抱きすくめてしまった。

妙は拒まず、顔を伏せてじっとしていた。

艶やかな髪の甘い香りが朝太の鼻をくすぐり、二十歳となった妙の、丸みのある身体が押しつけられた。

「土方さまは、お一人で生きていけるわ……」

妙が、朝太の胸に顔を埋めながら言った。

「でもあたしは、朝太さんに助けてもらわなければ生きていなかったのね」

「た、妙さん、お、おれと一緒に江戸で暮らそう……」

朝太は口走り、力を込めて妙を抱きしめた。

「おいおい、往来だぜ、朝の字」

声に振り返ると、珍平が立ってニヤニヤ笑っている。

「ち、珍平来てたのか……」

仕方なく朝太は離れ、妙も真っ赤になって後ろを向いてしまった。

「ああ、今夜の宴会は、懐かしい壬生の屯所ですることになったんだ」

「本当か」

「ああ、タエちゃんも来いって土方先生が」

「まあ……」

妙も驚いていた。

「でも、また前川さん迷惑がってたろう?」

「いや、喜んでくれてる。前川さんも懐かしいんだろ。それに、京を離れるにあたり、土方先生が前川さんと八木さんに礼金をはずんだそうだ」

珍平も嬉しそうだった。

その夜、この時ばかりは戦も忘れて古い隊士たちが集まり、杯を酌み交わした。

朝太は別れの杯、土方や他の隊士たちはこれからまた戦場に赴くという決意の杯、そして珍平だけは、朝太と妙のために祝いの杯を飲み干した。

負傷や病に伏した近藤、沖田がおらず、戦死した気のいい井上源三郎など、多くの隊士がいないのは寂しいが、みな明るい顔で宴もたけなわとなった。

と、いきなり珍平が立ち上がった。

「土方先生、お話があります」

「何だ、また落とし咄をやるのか」

今日ばかりは、土方も顔をゆるめていた。

「いえ、実は、私も軍艦に乗せて頂きたいのですが」

「なに」

「私はどこまでも、土方先生についていきたいのです」

「ち、珍平……」

朝太は驚いて珍平を見た。珍平も、いつになく顔を引き締めて真剣な表情をしていた。

「私は」

珍平が続ける。

「故郷では役立たずと言われ、つまはじきにされてばかりでした。江戸へ出ても芸はモノにならず、いつも朝太に助けられてばかりいる始末で、ほとほと自分に愛想が尽きていたんです。そんなおりドサ廻りに加わり、京ではぐれて新選組に入り可愛がってもらいました。三年間は充実した毎日が送れました。どうかこれからも私をそばに置いてください。私には帰るところもないのです。今後は死を恐れぬさむらいを目指しますから、土方先生……」

土方はいつか唇を引き結び、硬い表情で腕を組んでいた。

「おい珍平、お前にそこまで言われちゃ、おれの立場はどうなる。お前が行くならおれだって……」

「やかましい。おめえは黙ってろ」

朝太の言葉を、珍平は突っぱねた。

「ふうむ……」

「お願いします。土方先生」

珍平は土方の前に膝を突き、深々と頭を下げた。

「いいじゃないですか、土方さん。連れてってやれば」

斎藤一が笑顔で声をかけた。

「案外、これで珍平も度胸はついたし、きっと役に立つと思いますよ。それに珍平がいれば、隊士たちの心も明るくなるでしょう」

「……うむ、だが遊びに行くわけじゃないんだ。途中で気が変わって江戸で解放してくれといっても許さんぞ。他の者の士気にも関わる。江戸へ着いても里心を起こさぬと誓えるか？　江戸からまたどこへ転戦するかわからんのだぞ」

「はいっ、大丈夫です」

土方の言葉に、珍平は満面に喜色を浮かべた。

「よし、それほどまでに言うのなら、連れていってやる。だが命は保証しないぞ」

「はい。有難うございます！」

珍平はまた深々と頭を下げた。

「おい珍平。おらあ一体どうすれば……」

「ええ、もう一つお話があります」

朝太が言いかけるのを遮り、がらりと打って変わって陽気になった珍平が土方に言った。

「何だ今度は」

土方が珍平の変わりように、呆れたように訊いた。

「この、わが相棒、朝太がタエちゃんと江戸で所帯を持つことになりました」

「本当か!?」

土方が眼を丸くし、並んで座っていた朝太と妙を交互に見つめた。

二人は赤面して俯いてしまった。

「ついては、二人への祝いに落とし噺を一席……」

「ようよう」

隊士たちがはやしたて、珍平は馴れた口調で話しはじめた。

「ええ、里帰りした娘に母親が、どうだい？　夫婦仲はうまくいってるかい？　好いて好かれて一緒になったんだから、仲はいいんだろ？　って訊くと娘が、ええ、中はいいんだけど、まわりが少し痛いの」

「うわはははは」

土方が大口開けて笑いだし、他の隊士たちは呆気に取られた。珍平は顔を輝かせ、涙さえ浮かべて、さらに話をエスカレートさせていった。土方を笑わせたことが、よほど嬉しかったのだろう。艶笑小咄ばかりやるもので、最初は赤くなって下を向いていた妙も、次第にこらえきれなくなってクスクス笑いだし、珍平はますます調子に乗っていった。

そして土方も、別人のように笑いころげていた……。

——翌日、珍平を含めた新選組は幕府の軍艦、富士山丸に乗り込み、天保山沖を離れた。

朝太は、水平線の彼方に富士山丸の煙が見えなくなるまで丘に佇んでいた。

（珍平、今ごろは、近藤先生や沖田さん、負傷した人たちの前で小咄でもやってるかもしれんな……）

風を伝って、近藤、土方、沖田の笑い声が聞こえてくるような気がした。

「さあ、行こうか」

朝太は言った。

彼が向かうのも、富士山丸と同じ方向、懐かしい東の空であった。

朝太は、隣にいる妙の手を、そっと握って歩きだした。

第二話　男たちの酒

一

「何でえなんでえ！　ここが、おれの知ってる江戸だってえのか……」

珍平は、あまりに多く行き交う人々や人力車、さらに鉄道馬車の流れに目を見張り、舞い上がる土埃にペッと唾を吐いた。

「すげえ人だね、こりゃ。あ、痛ッ、足踏みゃあがって、この野郎、うわ……」

後から後から人の波が押し寄せ、もう誰が足を踏んづけたかも分からなくなってしまった。

「あれれれ、ありゃあ女かね。袴に靴を履きゃあがって、懐手で闊歩してるよ。男顔負けだね」

珍平の前を、女子師範の女学生たちが姦しく談笑しながら通過した。

ザンギリ頭の洋装の紳士も多い。

ステッキが流行なのだろうか。ポケットから出ている懐中時計のクサリをチャラチャラ言わせ、ステッキでコツコツと得意げに歩いていた。

明治十五年（一八八二）、上野界隈である。

「何だい、今日は祭りかい？」

鉄道馬車の線路のある大通りを外れると、左右には出店が並び飴や紙風船、甘酒などを売っていた。

人の流れは、さらに奥へと向かっているようで、やがて珍平にも大門に掛けられた垂れ幕が見えた。

「なになに……、開設、上野動物園だあ？　けっ、くだらねえ。犬やネコ見て何になるってんだ」

珍平は人波に逆らって引き返し、そのまま不忍池まで出た。

「江戸が東京ンなって、こんなに人が多いんじゃ、朝太の野郎を捜すのもホネだな。だいいち、まだ江戸、じゃない東京に居るって決まったわけじゃねえし、あるいは藤沢へ帰ったのかも……」

珍平は池のほとりに腰を下ろし、溜め息をついた。

「あれから十四年も経っちまったか。きっと朝太は、妙ちゃんと何人かガキ作って幸せに暮らしてるんだろう。今さら、おれが現われたって迷惑なだけかもしれねえな」

珍平は歩き疲れ、今夜の寝ぐらのことを考えると途方に暮れた。

長い旅だった。

十四年前、京から軍艦で江戸へ戻り、さらに甲府、流山、宇都宮、会津、仙台、箱館へと行き、そして、たった一人で江戸へ帰ってきたのだ。

路銀がなくなると、土地土地の宿で薪割りをしたり、時には数年間の滞在にもなり、その土地に骨を埋めようかと思ったことさえあった。

それでも、もう一度江戸に帰りたい、仲間の朝太の顔を見たい、という一心で、ようやくたどり着いたのだった。

二十歳までは、これでもこの上野浅草界隈で寄席に出ていた。珍平は咄家志望だったが、売れないので相方の朝太と漫才をしていたのだ。

もちろん今日、上野へ戻って真っ先に寄席を訪ねてみたが、もう珍平の知っている師匠はみな亡くなり、顔見知り連中も散りぢりになっていた。

「この歳で、また寄席の見習いから始めるか、それとも、三浦に帰って漁師でもすべえか……」

故郷は三浦に近い公郷だが、両親が病死し、十六の時に江戸へ出てきてしまった。もう身寄りも知人もいないだろう。

持っているのはヨレヨレの着流しに僅かな小銭と、風呂敷包み一つ。中身は、替えの下帯(したおび)と手ぬぐい、僅かな薬に歯磨き用の房楊枝(ふさようじ)ぐらいのものだ。

「とにかく働き口でも探して、少しのあいだ江戸、じゃねえ東京見物でもするか」

　珍平は立ち上がり、池の中央にある弁天様にお参りをした。

暮れで、街はどこも活気づいている。当座の働き口ぐらい、すぐ見つかるような気がした。

　と、珍平が不忍池の天竜橋(てんりゅうばし)を渡りきったところで、いきなり目の前を一台の人力車が通過した。

「いててて！」

　車輪に足を踏まれ、珍平は声を上げた。

　今度こそ相手は分かっている。

「待て、この野郎！　人の足踏んで黙って行く気か！」

　追いつき、空俥(からぐるま)をひいている車夫の肩を摑(つか)んだ。

「あ、済まんです。踏みましたか」

　車夫は、すぐに笠を取って頭を下げた。しかし、見れば小柄で、まだ十六、七の坊主頭の少年ではないか。

「踏みましたかだとお？　な、なんだ、まだガキじゃねえか」

一瞬ひるんだものの、珍平は拳骨を振り下ろした。ガキだろうと容赦はしねえ。こっちはずっとムシャクシャしているんだ。

しかし、珍平の拳骨は空を切った。

「あれえ、よけやがるか、こいつ！」

「ら、乱暴はよしてください」

「てめえ！　ガキのくせに洒落た言葉使いやがって。ナメるなよ。おれはもと新選組三番隊隊士、桂珍平だ！」

珍平は頭に血が昇り、少年車夫の両肩をわし摑みにした。

しかし、その瞬間！

珍平の身体がフンワリと宙に舞った。

「うわ……！」

天と地が引っ繰り返り、何が何だか分からなかったが、間もなく珍平の全身は不忍池にザブリと叩き込まれていた。

あまりの疲労と水の冷たさに、そのまま珍平は気を失ってしまった……。

二

……長い夢を見ていた。

慶応四年一月。鳥羽・伏見の戦いで敗走し、珍平は幕府の軍艦、富士山丸で江戸に戻った。

気のいい沖田総司は、労咳の療養のため皆と別れた。

近藤勇、土方歳三たち新選組は現地の若者を徴集して甲陽鎮撫隊を結成。しかし官軍の火器の前に、またもや敗走。

やがて長年の同志だった原田左之助、永倉新八らと決別。さらに下総流山では近藤が敵陣へ単身出頭していった。

「トシ、おれは行くよ。近藤ではなく、大久保大和として行き、せいぜい時間を稼いでやる。その間に、皆は北へ行け」

近藤は、いくら土方が止めても自分の意志を変えなかった。

「近藤先生……」

「珍平、死ぬなよ」

近藤は大きな口に笑みを浮かべ、最後にそう言って薩軍の陣営へと向かっていった。

その、男らしかった近藤が、武士の扱いを受けず、斬罪梟首の刑に処されたと知ったのは、宇都宮から会津へ転戦した頃だった。

土方は近藤を偲び、松平容保のお膝元、会津の天寧寺に近藤の墓を建てた。

しかし手を合わせる余裕もなく、連日、戦いに明け暮れていた。

戦いといっても、珍平はいつまで経っても雑用ばかりだ。宿や兵糧の手配から、現地の武器調達、人員集め、何でもやった。

会津戦争も、実に苛烈だった。白虎隊や娘子軍、年端も行かない少年少女までが戦ったのだ。

そして会津城落城とともに、乱戦のなか、京時代からずっと世話になっていた三番隊の隊長、斎藤一が行方知れずになってしまった。

どこかで負傷しているのではないか、珍平は心配でならなかったが、敵は待ってくれない。

九月には、慶応四年が明治元年と改められた。

さらに仙台から蝦夷へと渡り、宮古湾の海戦。そして箱館戦争。

翌年、明治二年五月。

「皆、よく聞け。箱館山奪還のため、明日、斬り込みにいく」

西洋式の星型の城、五稜郭に籠もり、土方が言った。今は新選組副長ではなく、陸軍奉行並という立場である。洋式軍装に身を包み、髷も切ってオールバックにしていた。

珍平たち新選組の生き残りも、この頃、土方に習いザンギリ頭にしていた。

「全員で出動ですか？」

「いや、新選組だけだ」

当然のように、土方は言い放った。

珍平には、土方の気持ちが良く分かった。

いよいよ、新選組残党の死に場所が見つかったのだ。

どうせ幕府軍の幹部、榎本武揚や大鳥圭介などは、降伏の時機を待っているだけだ。彼らは特に官軍の誰も殺していないだろう。ましてや新政府に必要な逸材たちだ。官軍も、彼らを殺したりはしない。

しかし、新選組は違う。

連中は新選組だけは目の敵にし、一人残らず殺そうとするに違いない。

だから、負け戦と知りつつ、こちらから死ににいくのだ。

一人でも多く官軍を倒し、そして新選組が全滅した時、幕府軍は降伏するだろう。

新選組の生き残りは、島田魁、相馬主計ほか僅か十数名。

「珍平。お前手紙と金を持って、武州多摩へ行ってくれないか」

土方が言った。

「え……？」

「多摩の日野宿に、佐藤彦五郎というおれの義兄がいる。そこに、おれの遺品を持っていってもらいたいのだが」

「い、嫌です！」

珍平はきっぱりと言った。

「どうか、私も一緒に出陣させてください」

どうしても、珍平は自分だけ安全な場所へ抜け出すのが嫌だったのだ。まして京から、せっかくこんな北の果てまで土方についてきたのだ。

「そうか……」

涙ながらに訴える珍平の頼みに、土方もやがて頷いてくれた。

結局、多摩へ帰る役は最年少、十六歳の市村鉄之助に頼むこととなった。

そして翌日、土方たち新選組は、「誠」の旗を立てて出動した。

敵の砲弾が、兵営の庭に飛来して炸裂。小銃弾の音も、タンタンと間断なく聞こえていた。

死ぬのが恐くないと言えば嘘になる。

（冷や酒を一杯キューッと飲んで、あったけえ布団の中に潜り込みてえなあ……）

心の中ではそんなことを思ってしまうのだが、土方のそばにいると、妙な安心感が湧いてくるのだ。

助かる、という自信が与えられるのではない。この人と一緒なら、三途の川でも迷わずに済みそうだと思い、ある意味では、危険な人だった。

「いいか。最後に一つだけ、皆に命令する」

しかし、その土方が、新選組の面々を振り返って声を張り上げた。

「万一、おれが死んだら皆は撤退しろ。どうせ幕軍は降伏だ。五稜郭へ帰らず、散りぢりに逃げるんだ。奴らの、新選組狩りに捕まるなよ」

と言い、土方は馬上の人となった。

（ああ、土方先生は近藤先生の所へ行くつもりなんだ……）

珍平は思った。

反面、この人に弾丸はあたるものか、とも思った。今まで、何度も戦闘の最前線に赴き、鬼神の働きをしながら常に無傷で生き延びてきた人だ。

やがて一同、五稜郭を出発。

敵はいち早く占拠した箱館山から射撃し、さらに海からも艦砲で攻撃してきた。

新選組は、射撃を避けて原生林を突っ切った。

抜けると、そこは一本木と呼ばれる浜。

「あの関門に薩軍が屯している。その後ろが本営だ」

土方は言い、洋装士官服のベルトに差した大刀をギラリと抜き放った。

「つ、突っ込むんですか……?」

「そうだ。死にたい奴だけついてこい」

言うなり、土方は馬の腹を蹴って走りだした。

（あ、あの時、何としても止めておけば……）

珍平は、今と昔が混乱してきた。

ついて行こうと走っても、馬上の土方は遥か彼方に突き進み、やがて銃弾を受け、落馬した。

「ひ、土方先生ーッ……！」

珍平たちはようやく追いつき、飛び来る銃弾の雨霰のなか、力自慢の島田魁たちと一緒に倒れた土方をかついで引き上げてきた。

「みんな……」

土方は、一言だけ言い、血にまみれた指で森を指した。森を抜け、東へ逃げろと言いたかったのだろう。

「先生ッ！」

隊士が口々に呼び掛けた時には、すでに土方はことされていた。

悲しんでいる暇はない。珍平、島田、相馬たちは銃弾を避けながら、土方の遺体を近くの称名寺まで運んだ。

そこで解散。

相馬は、箱館軍の幹部として土方戦死の報告をしに五稜郭に戻ったようだ。島田とも別れ、彼の消息も分からない。

とにかく珍平は敵の目を逃れ、森に潜んでいたが、土方戦死から七日目に、箱館戦争は幕府軍の全面降伏によって終決した。

そして珍平は武器を捨て、恐る恐る五稜郭の様子を見に行った。

すると新選組隊士、十数名が官軍に捕らえられ、護送されるところだった。中に、縛られた相馬の顔を見ると、珍平はたまらずに官軍の列に飛び込んでいった。

「何でごわす」

薩軍の幹部は、最初から気楽な笑顔を見せて言った。

「おれは、新選組の桂珍平だ。おれもフン縛れ！」

珍平は声を張り上げたが、顔も服も泥だらけ。敗走の途中で刀も捨ててしまったから、とても隊士には見えなかったのだろう。

しかも二十五歳になっていたのに、小柄で若造りだから蝦夷の子供とでも思われたのかもしれない。

「そんな男は知らん」

相馬が、珍平の方を見もせずに言った。

（そ、相馬さん……）

珍平はガックリとして、それでもなお薩軍の幹部の腕にしがみついた。

「ああ、せからしか！　いいからあっち行きもんせ！」

まるで相手にされず、捕虜を連れた列は軍艦へと向かっていった。

仮に、この小男が本当に新選組隊士だったにしても、恐らく幕軍の捕虜が多すぎ、艦に乗せるには限りがあるのだろう。まして名も知られず、手配もされていない雑魚(ざこ)など連れていっても仕方がないと思われたのかもしれない。

「………」

こうして、珍平はたった一人、蝦夷地に取り残された。

仕方なく漁村へ行って漁を手伝い、物置になっていた掘っ立て小屋を借りて住むようになった。

そして何年か過ごし、僅かながら金がまとまると弘前(ひろさき)の大間崎(おおまざき)に渡り、以後、転々としながら少しずつ、少しずつ南下してきたのだった。

途中、木賃宿の女中と恋仲になりかけたこともあったが、結局は江戸への望郷の念が強く、本気になる前に立ち去ってしまったりした。

「ひ、土方先生。朝太……」

珍平は、声に出して言った。

「おお、気がついたようだな」

声がし、珍平はパッチリと目を覚ました。

三

「こ、ここは……、寺の本堂か……。まさか、おれの葬式じゃねんだろうな……」

珍平は呟(つぶや)いた。

正面に阿弥陀如来像(あみだにょらいぞう)、欄間(らんま)には色とりどりの天女の浮き彫りがある。

しかし心配そうに珍平の顔を覗(のぞ)き込んでいるのは、坊主ではなく、口髭(くちひげ)をたくわえた青年と、あの少年車夫であった。

「あっ、てめえ、この！」

叫んで起き上がったが、珍平は裸で布団にくるまれていることに気づいた。

「どうも、門弟が失礼を致しました」

青年が笑みを浮かべ、物静かに言う。

「私は、この寺に下宿している嘉納治五郎(かのうじごろう)。この者は西郷四郎(さいごうしろう)と申します」

「な、何だか、偉そうな名前ばっかしだが、いってえ何がどうなってんだ……」

珍平が目をこすって言うと、四郎と呼ばれた少年が坊主頭を掻きながら答えた。

「はあ、僕があなたを不忍池に投げ込んで、引き上げて、俥に乗せてここへ運びました」

「何でえ、おれはこんなガキに投げ飛ばされたってわけかい？」

「西郷は小さいが、私が柔道を教えております」

嘉納が言う。

「じゅ、ジュードーってな何だ？」

「柔術の良いところを合わせ、近代的に統合したものです」

「柔術か……」

新選組にも、柔術師範だった四番隊隊長、松原忠司（まつばらちゅうじ）という人がいた。彼は北辰（ほくしん）心要流（しんようりゅう） 柔術の達人だったが、実に大兵肥満（だいひょうひまん）。

しかるに、目の前にいる嘉納も四郎も、珍平と同じくらい小兵（こひょう）ではないか。どっちにしろ、大したことはあるまいと珍平は思った。ガキの四郎にブン投げられたのも、油断していたのと長旅の疲れが原因だろう。

「とにかく、弟子の不始末はお前さんの責任だ。これでも食らえッ！」

珍平は裸のまま立ち上がり、思いッきり嘉納の頭に拳骨を飛ばした。

「あッ……！」

四郎が声を洩らし、思わず立ち上がりかけた。

それほど、珍平の拳骨はものの見事に嘉納の頭にブチ当たったのである。柔術をやると言うのだから、少しぐらい避けようとしそうなものだが、それは、珍平の拳が痺（しび）れるほどの打撃だった。

「これで、お気が済みましたでしょうか」

嘉納は、顔色ひとつ変えず、ニコニコと柔和な笑みを浮かべて言った。

「ゆ、許してやろうじゃねえか……」

珍平は、痛んだ拳をさすりながら言い、やがて嘉納の前に膝を突いた。

「いや、こっちが悪かった。抵抗しねえ奴を思いッきし殴るなんざ江戸っ子の恥だ。勘弁してくれ」

本当は江戸っ子ではなく、三浦半島の百姓の倅（せがれ）なのだが、長く江戸弁の咄（はなし）をしていたから、いつの間にか自分は江戸っ子なのだと思い込んでいた。

頭を下げると、四郎はほっとした表情になり、嘉納も笑みを崩さず、ぱらりと額にかかった前髪をかき上げながら言った。

「ところで、お宅はどちらでしょうか。もう暗くなりましたが、西郷にお送りさせましょう」

「い、いや、それが今日、江戸、東京に着いたばかりでして……」

珍平が言ったとき、奥から和尚がやってきた。

「着物が乾いたぞ。ところでお前さん、寝ぐらがないのなら、今夜はここへ泊まりなさい。賄いはできるかね？」

和尚は六十年配。異相だ。頭部の前と後ろが張り出し、才槌型をしている。

「できます。何でも得意です」

「ほう、そいつはいい。名は？」

「申し遅れました。桂珍平と言います」

「ならチンぺさんよ、四郎と一緒に買物に行ってきてくれ」

和尚に言われ、珍平は礼を言って服を着、嘉納にも一礼して四郎と一緒に寺を出た。

「ここはどこなんだい？」

「下谷の稲荷町です」

「なるほど」

寺の門を振り返ると、片方の柱に「永昌寺」と書かれ、もう片方には「日本伝講道館柔道」と書かれた看板があった。

四郎は、まだ車夫の格好のままなので、これから俥を返しにいかなければならない。

「俥に乗ってください」

「そうはいかねえよ」

「いえ、お店が閉まっちゃいますから」

四郎に強引に押し上げられ、珍平は生まれて初めて人力車に乗った。

四郎が梶棒(かじぼう)を上げ、勢いをつけて走り出すと、師走(しわす)の冷たい風が珍平の顔に吹き付けてきた。

「お、おいおい、速(はえ)えね、どうも。景色を見る暇なんざありゃしねえ……」

「喋(しゃべ)ると舌を嚙みますよ。ここから道が悪いです」

四郎が振り返らずに言う。

珍平は必死に摑まりながら、それでも、すっかり変わってしまった下町の風景を見回した。

やがて四郎は、浅草の「たつみや」という俥屋に俥を返し、置いておいた着物に着替えて出てきた。

「お待たせしました」

「へえ、見違えちまうね」

珍平はあらためて四郎を見た。紺絣（こんがすり）の着物に縞（しま）の袴。朴歯（ほおば）の下駄の分だけ背が伸びたように見え、懐には本が入っている。いっぱしの書生姿だ。

「寺は、和尚とあんたら三人だけかい？」

「賄いのおセキ婆さんが居るんだけど、孫のお産で根津（ねづ）に帰ってます。だからチンぺさん、運が良かった。和尚はおセキ婆さんの料理で舌が肥（こ）えてるから、僕や先生の手料理じゃ嫌だったんでしょう」

「おれも、そんな料理が巧（うめ）えってわけじゃねえが」

「それからもう一人、兄弟子の富田（とみた）さんが居ます。もう学校から帰っているでしょう。富田常次郎（つねじろう）。明治法律学校へ行っていて、僕より一つ上の十八です」

「へえ、男所帯なんだな」

珍平は、四郎に案内され、閉店まぎわの八百屋と豆腐屋に寄り、両手いっぱいに野菜を抱えて下谷へと向かった。

「あの先生は、ずいぶん優しそうだな。柔術というより学問の先生って感じだが」

珍平は、嘉納治五郎の柔和な顔を思い出して言った。洋服姿で髪はきっちりと七三に分け、鼻の下には立派な髭を立てていた。

「そのはずですよ。昼間は学習院の教員。夜中は文部省から頼まれた翻訳をしていますからね」

「へえ、そいつぁすげえ。おれがブン殴ったのは学士様の頭だったのか」

「とっても優しい人ですよ。僕なんか、まだ一度も叱られたことがない」

「ふうん」

四郎の話では、嘉納は一年前に東京帝国大学を出て、現在二十三歳。

ま、そんな偉い学士様なら、柔術の方はほんの道楽だろう、と珍平は思った。

「ところで、四郎くんよ。あんたぁどこの出だい？　江戸っ子にも見えねえが」

珍平が訊くと、四郎は豆腐の包みを持ちかえて答えた。

「はあ、会津です」

「会津……か……」

「ご存知ですか？」

「ああ。会津の侍たちと、一緒に戦ったよ。薩長の奴らとな。もっとも、お前さんが生まれたばっかりの頃だが」

「チンぺさん、幕府軍だったんですか？」

四郎が目を輝かせた。

「ああ、新選組って言ってな、京の街から甲州、下総、宇都宮、会津、仙台、蝦夷まで行ったなあ……。その長え旅を、今日終えたところだったのさ」

「すげえ。剣客だったんですね。人を斬ったんですね？」

「ん……。ああ、まあな……」

「いいなあ。すごいなあ。僕も武士に憧れてたんですが、廃刀令が出てしまって、それで刀の持てない時代は、剣術でなく柔術こそ侍の道だと思ったんです」

「へえ、考えてるんだねえ」

「もっとも、勉強もしなきゃいけないと、いつも先生や富田さんに絞られてます」

四郎の、珍平を見る目が尊敬の眼差しに変わり、珍平は面映ゆかった。

やがて永昌寺に戻り、珍平と四郎は厨で夕食の支度をした。

「富田常次郎です。お手伝い致します」

常次郎も、嘉納と同じくらいの小兵な青年だ。

珍平は四郎と常次郎をコキつかい、飯を炊き、けんちん汁を作った。

「こらこら、醤油はまだだよ！　おい、そっち。もうちっとまともに切れねえか。でえこんはこう、ごんぼうはこう切るんだ！」

喋りっぱなしで支度をしていると、驚いて和尚も見にきた。

「ほっほっ、にぎやかな楽しい男じゃの。むさ苦しい男ばかりだったが、これで少しは明るくなるじゃろう」

和尚は口をすぼめて笑い、やがて取って置きの酒まで出して夕食に添えてくれた。

四

翌朝、珍平は朝食の支度をし、本堂や庭の掃除をして、みんなを送り出した。嘉納は学習院へ、常次郎は法律学校、四郎は足腰の鍛錬と食い扶持(ぶち)稼ぎで俥ひきだ。

昨夜は、三人が寝た後まで、和尚と二人、酒を飲みながら語った。

「そうか、おぬしも苦労したんじゃのう。その、探している友だちとも、きっと御仏(みほとけ)の力で再会できるじゃろう。もっと般若湯(はんにゃとう)を飲め」

和尚はいたく同情してくれ、酒をついでくれた。

そして和尚の厚意で、住まいと仕事が見つかるまでの間、珍平を寺の一室に住まわせてくれることになった。

「なあに、おセキさんは当分帰ってこんからな、かえって助かる。あの婆あは賄いだけじゃが、おぬしなら力仕事も頼めるしな、ほっほっ」

実際、翌日になると和尚は言葉のとおり、ありとあらゆることを珍平に頼んだ。炊事、洗濯、掃除、買物のほか、本堂の床下にまで潜らせ、根太(ねだ)のゆるみまで直させた。

「毎日、柔道の練習でドスンバタンするからのう、シッカリと根太を補強しといてくれ」

なるほど、手燭(てしょく)と大工道具を持って床下に潜り込むと、かなり床が傷んでいる。

そう言えば昨夜、夕食前のひとときと、今朝、朝食前にも本堂で柔道とやらの稽古(けいこ)をしていた。

嘉納は座ってあれこれ指示するばかり。実技の稽古は激しいものだが、約束事が多く、また技の研究が中心なので、どちらが勝つか、強いか、という勝負とは程遠い印象だった。

(結局、あの先生は自分じゃやらねえんだな。ま、学士様が自分で汗臭(あせくせ)え稽古着なんざ着るはずもねえか。おれの拳骨だってよけられなかったんだから)

珍平は思った。

みんな死に物狂いだった新選組の剣術や柔術の稽古の方が、ずっと激しかった。だから嘉納は、柔術によって強くなりたいのではなく、一つの学問として研究しているのだろうと解釈した。

（第一もう、戦はないんだろうからな。強くなる必要なんかなかったんだ……。それにしても、学士のくせに物好きな……）

珍平は思い、長い時間をかけて根太を修理した。

やがて昼、珍平は和尚と二人、湯漬けをかっ込んだ。

「夕食の買物まで少し時間があるだろう。その間に、墓地の方も掃除しといてくれ」

言われ、珍平は竹ぼうきを持って裏手の墓地に行った。

「まったくもう、人使いの荒い坊主だね。今まで、こんなに働かされたことなんかなかったよ」

ブツブツ言いながら人けのない墓地へ行くと、そこに一人だけ、しゃがみ込んで手を合わせている男がいた。

「うわ、びっくりした。痩せて青白い野郎だね。昼間っから出たかと思っちゃったぜ。……ん?」

珍平は言い、ふと気になり、さらに近づいて男の顔を見た。

男も、近づく珍平の方に顔を上げた。

その細長い顔に、見覚えがあった。

「ちょ、ちょう……」

珍平は舌が回らず、目を真ん丸にして立ちすくんだ。

「ち、珍平かっ!」

男は立ち上がって言い、駆け寄ってきた。

「朝太ッ!」

珍平も声を上げ、竹ぼうきを投げ捨てて朝太と抱き合った。

「何でえ! そのザンギリ頭あ、誰だか分かんなかったぜ」

珍平は涙で顔をくしゃくしゃにしながら、朝太の短い髪を撫(な)で回した。

「あ、会いたかったぜえ……。どこに住んでんだ、今あ」

「この近くの、根岸(ねぎし)の長屋だ」

「そうか、懐かしいなあ。京で別れて以来、十何年になるか……」

二人とも、もう三十代半ば過ぎである。

「ところで、妙ちゃんはどうした。元気か。ガキは何人いる？」

珍平が言うと、

「そ、それが……」

朝太はメソメソ泣きながら、墓を指した。

「な、何だって……？　これが、妙ちゃんだってのか……」

「あれから、江戸へ帰ってきて所帯を持ったものの、翌年の暮れに流行り病で、呆気なく……」

「そ、そうだったのか……」

新選組、壬生の屯所で一緒だった妙は、すでに十数年前に死んでいたのだ。珍平には信じられなかった。

とにかく珍平は朝太を寺に呼び、和尚にも紹介して縁側で積もる話をした。

「それにしても珍平、よく生きて帰ったなあ……」

朝太が、しみじみと言う。

「ああ、だが近藤先生も、土方先生も死んじまった」

「うん、近藤先生が斬首になったことは、かわら版で知った。土方先生もなあ、箱館で亡くなったか……。それから、千駄ヶ谷の沖田先生の見舞いには何度か行ったが、やはり亡くなられたよ」

「そうか、沖田先生もなあ……。残ったのは、おれとお前だけか……」

朝太は、今は上野の牛鍋屋で下働きをしていた。

今日もこれから仕事に出なければならないが、妙の命日だったため、少し遅れて行くことを許してもらったという。

「命日だったのか。まさに御仏の導きってやつだなあ……」

珍平は言い、妙の可憐な面影を瞼に甦らせた。

やがて朝太は仕事に行き、珍平は明日にも彼の長屋を訪ねることを約した。

五

「へえ、いい部屋じゃねえか」

翌日の午前中、珍平は朝太の長屋を訪ねてみた。

三畳間に小さな押し入れがあるだけで、あるのは箱膳と僅かな食器類だけだ。

そして殺風景な室内に、ぽつんと置かれている位牌が悲しい。

実際は、もう少し広い部屋で妙と所帯を持ったらしいが、あまりに彼女との思い出が辛いので、ここへ越してきたという。

「珍平も、一緒にここで住まねえか？　狭いが、ドサ廻りの野宿よりゃあマシだぜ」

朝太も言い、珍平と再会して徐々に笑顔を取り戻しはじめたようだ。

「有難うよ。寺に、賄いの婆さんが帰ってきたら、そうさせてもらうかもしれねえ」

「近々、女将にいって必ず休みをもらうからな、そうしたらゆっくり話そうぜ。すまねえが、今日はもう行かにゃならねえ」

朝太は、本当に済まなそうに言った。

「おお、いいってことよ。おれも坊主に頼まれた使いがあるからな」

珍平は妙の位牌に手を合わせ、朝太と一緒に長屋を出た。

やがて、上野の牛鍋屋に向かう朝太と別れ、珍平は東京師範学校に手紙を届けるという役目を頼まれていた。

和尚は、手紙と一緒に少し多めの昼飯代をくれたが、実際は嘉納の用事である。嘉納治五郎は、恐らく自分より一回り以上も年上の珍平に駄賃を渡すのを失礼と思い、それで和尚に言付けて出勤したのだろう。

「四郎でも通らねえかね。そしたら只で俥に乗せてもらうんだが」

珍平はブツブツ言いながら師走の風のなか、小石川まで歩いた。

「ここか、でけえ門だね」

正門をくぐり、レンガ造りの校舎に入った。自分のようなものが、と多少気は引けるが、なあに、今日は学習院の先生のお使いだと思い、手近な学生に声をかけた。

「ああ、君君、ものを訊ねるが」

「はあ、僕ですか？」

絣の着物姿の学生が立ち止まり、どう見ても教育関係には思えない珍平をジロジロ見回してきた。

「高野くんを訪ねてきたのだが」

「どこの高野くんですか」

「ええと、字が読めねえや。この高野くんだが」

珍平は、懐中から手紙を出して見せた。表に宛名が書かれている。

「高野佐三郎……、ああ、武道専修科の指導員の高野先生なら武道場です。この廊下を真っすぐ行くと中庭に抜けますから、そこを左に。すぐ、竹刀の音が聞こえてきますから」

「うむ、かたじけない」

「あ、手紙手紙……」

学生が追ってきて手紙を返してくれ、珍平は中庭に出た。

「おお、聞こえるね、懐かしい撃剣（げっけん）の響きが。戦は終わっても、まだやってるんだねえ」

珍平は立派な武道場を見て、急に嬉（うれ）しくなってきた。

自分は剣はからきし上達しなかったが、新選組、壬生の道場で面籠手（めんこて）をつけ、朝太と競いあった日々が瞼に甦った。

渡り廊下から続いている入り口から入り、面を脱いで休憩している学生に、また声をかけた。

「ああ、君君。高野くんに会いにきたのだが取り次ぎ願いたい」

「あなたは？」

「永昌寺、いや、講道館の桂と申す」

「お待ちを」

学生が奥の師範席の方へ呼びにいった。

珍平は、学生たちの稽古を眺めた。

「ま、新選組に比べたら、大したことはないね。沖田先生なんか、この学生らと同じ年頃だったが、こんな棒振り踊りたあわけが違ったね」

「お待たせしました、高野です」

稽古着に、胴と垂(たれ)をつけた長身の青年がやってきた。

「講道館の方ですね？」

「ああ、この手紙を」

珍平は手紙を差しだした。

「嘉納先生はお元気でいらっしゃいますか。柔術をまとめ柔道にした嘉納先生に倣(なら)い、私も剣術を剣道と改めたいと思っています。もうこれからの武道を一流一派のものとはせず、日本人の心身を鍛え、正しい人間形成をする理法にまで高めたいのです」

(なに言ってんだか解らねえが、あの学士さんと話が合うことだけは確かだな)

高野は、珍平を武道家の一人と思っているから、理解されると思い熱っぽく語った。

この時、高野はまだ二十一歳。しかし剣の実力では随一という評判だ。

しかも四歳の折り、慶応二年、中西派一刀流の免許者である祖父と組み太刀を行ない、藩主松平下総守の前で五十六本を演じて褒賞を受けたほど天才の誉れが高い。

もちろん珍平は知らぬことだ。

ちなみに、こののち二十六年後、嘉納治五郎が東京高等師範学校の校長となったとき、高野も剣道講師として本学で肩を並べることとなる。

今はまだ高野は正式な講師ではなく、出稽古に来ている形だった。

この頃から、嘉納と高野は親交があり、お互いに忙しい合間を縫っては武道談義をしていた。

「では、すぐお返事を書いてきますので、暫時お待ちを」

高野は言い、手紙を持って小走りに校舎の方へ戻っていった。

珍平は道場の隅に胡坐をかき、学生たちの稽古を眺めた。

どうやら高野がいなくなると、急に学生の緊張が解けたように、私語が多くなったようだ。

「おい、見ろよ。あのオヤジ、また覗きに来てるぜ」

休憩していた一人の学生が、武者窓を指して言った。

珍平が見ると、なるほど、丸顔の中年男が稽古風景を覗いていた。

「ああ、本当だ。よっぽど見るのが好きか、退屈しているか」

他の学生も口々に言いはじめた。

「いっちょうからかってやるか。高野先生もいないしな」

「おう」

学生たちは悪戯心を起こし、全員が稽古をやめて、武者窓に声をかけた。

「おいオヤジ。毎日見にきているな。そんなに剣術が好きか」

言われて、男は笑顔で答えた。

「ええ、大好きでして」

「それなら入ってこい。見るだけじゃなく、竹刀を振ってみるといい」

「よろしいんですか？」

「ああ、いいとも」

学生たちが薄笑いを浮かべて言うと、男は大喜びして、裏口から一礼して入ってきた。

小柄だがズングリ型。まだ四十そこそこだろうが、髪は半白。色褪せているが清潔な洋服姿だった。

「そら、竹刀だ。何ならおれが相手をしてやろう」

一人の大柄な学生が、面籠手を着けたまま正眼に構えた。

と、中年男はピタリと竹刀を構え、無防備にスーッと近づいていった。

「う、うわ……！」

学生は、もともと素面素籠手の男に本気で打ちかかる気などなかったが、男の竹刀の切っ先が喉元に迫ったとき、言いしれぬ恐怖を覚え、思わず対抗して突きに出ていた。

瞬間、男の竹刀が半円を描き、左手一本で学生の右面を激しく打突していた。

その勢いに、学生はひとたまりもなく、ものすごい音を立てて転倒していた。

「こ、こいつ、やるな……！」

学生たちが気色ばみ、一斉に立ち上がった。

「今度はおれが相手だ！」

「いえ、皆さんいっぺんにどうぞ」

男が笑みを消さずに言う。

「こ、こいつ、ナメやがって……」

学生たち八人が、竹刀を構えて男を取り囲んだ。

しかし男は、音もなく無造作に間合いを詰め、一人一人の面や籠手を容赦なく叩きはじめたではないか。

その強いこと。

いかに血気盛んな学生が打ちかかっても、男はスイスイと滑らかに身をかわし、鋭い打突を正確に繰り出し続けた。

「あ、あの人、どっかで……」

珍平は首をかしげた。

間もなく、八人の学生がゴロゴロと床に転がり、息を切らして立ち上がることもできなくなっていた。

「人を、斬ったことのある剣だ……」

いつの間に戻っていたか、珍平の横で高野が呟いた。

「いやあ、楽しかった。どうも有難うございました」

中年男は言い、竹刀を置いて丁寧に挨拶し、また裏口から出ていった。

「お、思いだしたあ！」

珍平は勢いよく立ち上がり、声を上げた。

そして草履を持って、彼が去った方へと道場を横切って走りはじめる。

「あ、手紙手紙！」

高野が追いつき、珍平の懐に返事を押し込んでくれた。

高野への挨拶も忘れ、珍平は道場の裏口に出た。

中年男の後ろ姿が見え、珍平はそこに向かって声を張り上げた。

「先生！　斎藤先生ッ……！」

そう、彼こそ新選組三番隊隊長、京時代にさんざん世話になった斎藤一その人ではないか。

てっきり会津戦争のさなか、混戦の中で戦死したとばかり思っていたのだが……。

しかし、男は振り返らない。

何とか追いつき、前に回った。

「先生！　珍平ですっ！」

「え……？」

男は怪訝(けげん)そうな眼差しで珍平を見て、やがてすぐに相好(そうごう)を崩した。

「おお！　珍平か！」

「うわーん」

珍平はその場で、子供のように泣きはじめてしまった。

六

「もう斎藤一という名は捨てたんだ。今は、藤田五郎という」

斎藤あらため、藤田が言った。

なるほど、新選組で最も多く人を斬った男といわれた斎藤だ。新政府になってからも、薩長の連中は長く新選組狩りをしていたので、珍平も納得した。

あれから珍平は急いで永昌寺に戻って手紙を渡し、藤田と一緒に朝太の勧める上野の牛鍋屋に来ていたのだ。

(そんな、高そうな店でなくてよかったぜ)

珍平は、初めて入った牛鍋屋を見回して思った。牛は初めてだが、店内にこもる鍋の匂いが何とも食欲をそそる。

客たちは大広間を衝立で仕切られ、それぞれ鍋を突ついている。二階は個室らしく、少々料金は高くなるようだ。

鍋にロースと五分(五分の長さに切った葱)をたっぷり入れ、熱燗を酌み交わした。

「どうぞ、どんどん持ってきます」

朝太が、新しい肉を運んできた。

「すまねえな。おれらばっかり」

「なあに、もう少しするとひと息つけるから、そしたらお相伴にあずかるぜ」

朝太は笑顔で言い、空の徳利を下げていった。墓地で再会した時とは、打って変わって生き生きとしている。

珍平が厨房に通じる暖簾の奥をそっと窺うと、女将の指示を朝太はテキパキとこなしていた。

（なある……。ま、妙ちゃんが死んで十三年だ。無理もねえか……）

珍平は、四十前後のきりっとした美人の女将を見て思った。

「二人とも、元気そうで何よりだ」

藤田が言う。

「私はてっきり、先生は会津で戦死なさったとばかり……」

「ああ、負傷して動けなくなってな、会津の田舎に滞在するうち、戦が終わって新政府になってしまった」

藤田は言うが、実はこれは嘘である。

斎藤一、明石藩脱藩のち新選組に加入、となっているが、その実態は会津藩士、山口二郎というのが本名だった。

斎藤こと山口二郎は会津中将お預かりの新選組の中に、会津藩士という身分を隠し密偵として入っていたのである。

そして会津戦争。新選組も解体し、その役目を終えたとき、斎藤一は会津落城とともに山口二郎に戻り、藩士としての最後の職務を全うしたのだった。

それが今、斎藤一、山口二郎という二つの名を捨て、藤田五郎として生きていた。

「やがて私は東京へ出て、警視庁に勤めるようになった」

「け、警視庁に？　薩摩っぽの川路の下で……」

「そうだ。もともと市内巡察が性に合っていたのかもしれん」

藤田は笑って言った。確かに、新選組も今日の警察のようなものだった。

「西南の役では、抜刀隊として西郷軍とも戦ったよ」

「そうだったんですか、ご苦労なさいました」

「なあに、珍平ほどではないよ。で、今は警察も退職し、師範学校の隣にある教育博物館の守衛さ」

藤田はさらに、珍平が箱館で世話になった相馬主計の最後についても話してくれた。

「そ、相馬さんも、亡くなられたのですか……？」

「ああ、武士らしく、見事に割腹したよ」

「そんな……」

藤田の話では、相馬は官軍に捕らえられ、東京まで護送された。そして伊豆の新島に流罪になったが明治五年暮れに赦免。しかし麹町にて、馬車で帰宅途中の黒田清隆を暗殺しようとして逮捕され、牢の中で見事に腹切って果てたという。

「ろ、牢のなかになぜ短刀が……？」

「さあ、誰かが渡したんだろうな。彼は黒田の御者を一人殺しているから、死刑は免れん。それならいっそ武士らしく……」

藤田は一瞬、遠くを見る眼差しをし、すぐに杯を口に運んだ。

「…………」

珍平は、きっと彼が相馬に短刀を渡したのだと確信した。警察官なら、難なく牢にも近づけるだろう。

「お待たせしました」

朝太が、新しい徳利を運んできた。もう前掛けも取り、こざっぱりした格好で珍平の隣に座ってきた。

「おお、もういいのか。仕事の方は」

珍平が言い、店内を見回すと、もう大部分の客は帰りはじめていた。

「ああ、まだ洗いもんはあるが、女将さんがいいって」

朝太が言うと、すぐ、その女将が挨拶にきた。

「仙と申します。朝太さんのお仲間と、恩人の先生と伺いまして」

ぴたりと正座し、丁寧に頭を下げる。

見れば見るほど美人だ。

色白で適度に肉づきが良く、優しそうだが切れ長の眼差しが、いかにも勝ち気そうな江戸っ子の面立ちだ。

「何でしたらお二階のお部屋へ」

「いやいや、ここで結構です」

藤田が言った。

それではごゆっくり、とお仙が引っ込むと、珍平は肘で朝太を小突いた。

「おいおい、隅に置けねえな。いい女だね。でも亭主持ちじゃねえのかい？」

「後家」

朝太が小さく答えた。

「ふうん、じゃ一所懸命にもなるわけだ。いてて……」

朝太に腿をつねられ、珍平は顔をしかめた。

朝太にしてみれば、浮ついた気持ちよりも、藤田と隊士たちのその後の消息などの話を聞きたいのだ。

「三鷹の龍源寺に近藤先生のお墓がある。もっとも、埋まっているのは胴体だけだけれどね」

藤田が言う。

「それから日野の石田寺には、土方さんの墓もある。これはもちろん墓だけだが」

「土方先生の遺体は、箱館の称名寺に仮埋葬されたはずです」

珍平は、あの箱館戦争の乱戦のさなか、相馬や島田と一緒に土方の遺体を運んだことを思い出した。

「そうか……。とにかく私は、休みが取れるたび、近藤先生の調布のご実家や、日野の佐藤家に行って両先生のお話を伝えた。そして、近藤先生、土方さんの墓参りをするときだけは、私は藤田五郎から、斎藤一に戻るんだ」

藤田はしみじみと言い、やがて酒が回ってくるとしんみりした話は終わり、新選組全盛期の、楽しかった頃の思い出話に花が咲いた。

七

「こらあ！　こんな所で何をウロウロしておるか！」

いきなり怒鳴りつけられ、珍平はビクッと立ちすくんだ。

「ひゃっ！　す、すいません。えー、ところで、どなたですか？」

翌日、また嘉納のお使いで珍平は根津のおセキを訪ね、孫の出産祝いを置きにいった帰りのことである。

相手のあまりの剣幕に思わず謝ってしまったが、良く見れば、あまりに奇妙な格好をした中年男ではないか。

黒く塗った紙製らしい山高帽に、ラシャ地に見える大礼服に似た黒服。立派な髭をたくわえ、多くの勲章を胸に下げ、手にはサーベルを持っている。

どこかの将軍かと思って良く見たが、お付きの人もいないようだし、どうもサーベルは玩具のようだ。しかも胸の勲章もビール瓶の蓋や銀紙で作ったものばかりではないか。

「ふん、どなたかとな。拙者儀は何を隠そう正三位勅任官　勲一等左大臣蘆原金次郎藤原の諸味なり！」

「ははあ……」

良く分からないが、蘆原金次郎という名だけはちゃんと聞こえた。

「それが何か……？」

「このバカモン」

蘆原将軍は目を吊り上げ、大音声を張り上げた。

「な、何がどうだってんですか、もう！　やんなっちゃったな。大声出すから人が見てるじゃないすか」

「お前の許婚の女が待っておるぞ。早く行かんか！」

物凄い形相でサーベルを抜こうとする。

「ひゃっ……」

玩具だろうが、万一ということもある。珍平は息を呑んで立ちすくんだ。

その時である。

「ああ、こんな所にいた」

数人の男たちがバラバラと駆け寄り、蘆原将軍を取り囲んだ。みなお揃いの青い事務服を着ていた。

「将軍様。お迎えに参りました」

「うむ、ご苦労」

男たちに言われて、将軍は重々しく頷(うなず)き、素直に従った。

「ご迷惑かけました。私どもは本郷向ヶ丘(ほんごうむこうがおか)にある東京癲狂院(てんきょういん)の者で、この人はよく脱走するので困ります」

「ああ、やっぱり……」

「将軍は昔、逃げられた奥さんとこの辺りに住んでいたので、必ずこの下谷界隈へ逃げてくるのです」

職員たちが珍平に一礼し、将軍を両側から抱えて去っていった。

「ああ、びっくりした。おれに許婚の女なんて居るわけねえじゃねえか……」

珍平が歩きだそうとすると、

「こら！　そっちじゃない。鬼子母神(きしもじん)の方だ、このバカモン！」

遠くから、また蘆原将軍が怒鳴っていた。

「な、なんだってんだ。まだ言ってるよ。驚いたね、どうも」

珍平は呟いたが、まだ時間も早い。風は冷たいが天気も良いので、将軍の言ったとおり入谷の鬼子母神まで足を伸ばしてみた。

すると途中で、珍平は女物の財布を拾った。綺麗な和紙で作られた紙入れで、中を見ると三円五十銭に小銭が少々、それにお守りだ。珍平から見れば大金である。

「うわ、弱ったね。交番に届けねえと」

珍平は言い、取りあえず財布を懐へ入れ、とにかく鬼子母神へ行った。

すると、少し行ったところで、歳の頃なら三十前後の女が道端で途方に暮れたように立ち尽くしているではないか。

「あれえ？　どうしたい。姐さん」

珍平は声をかけたが、女は無視するように視線をそらせた。

「ひょっとして、探しもんじゃねえのか。だったら、こっちも助かる。交番までいかなくて済むからな」

「え……？」

「おう、財布でも落としたんじゃねえのかと言ってるのさ」

「そ、それは……」

女がぱっと顔を輝かせたので、珍平も懐から財布を取り出して見せた。

「あっ、それです」

「やっぱり、こいつを探してたんだな。良かった。そらよ」

珍平は無造作に財布を渡し、そのまま行きかけた。

「あ、お待ちください。本当に、助かりました。お礼を……」

追いすがるように言われて、珍平は手を振って断わったが、どうしてもと言うので仕方なく、鬼子母神脇の茶屋で団子でも奢(おご)ってもらうことにした。

女は楓(かえで)と名乗り、お針の仕事で給金をもらったばかりだと言う。

「そんな大事なもんを落とすなんざ、姐さんもおれに負けねえほどドジだね」

団子を頬張りながら言うと、楓も肩をすくめてクスクスと笑った。

(商家の内儀(ないぎ)にも見えねえし、後家か。あるいは大店(おおだな)の旦那(だんな)の世話にでもなっているのか……)

珍平はそれとなく楓の様子を窺いながら、あれこれと思った。

いい女だ。

財布が見つかって安心したせいもあるが、明るい笑顔が透き通って、どことなく幼さを残したように見える。

「将軍の言ったことが、本当になるといいな……」

「は？　なにか」

「い、いや、何でもねえ」

珍平は言い、団子をお代わりした。

その時、二人連れの大男が店先の縁台に座った。

「酒だ。どんどん持ってこい」

奥へ怒鳴りつけ、背負っていた包みを下ろした。どうやら日本刀と柔術着らしい。二人、境内で見世物をやっていたようだ。

新政府の下、食えなくなった剣術家や柔術家が組んで、こうしてよく大道芸を行なっていた。

少々の実入りがあったのだろう。しかし居酒屋へ行くほどでもなく、こうして茶屋の片隅で引っ掛けるのが習慣らしい。

やがて冷や酒が運ばれ、鬚面の二人はツマミもなく、水のように飲みはじめた。

「まったく見通しは暗えなあ」

「ああ、嘉納みてえな学士様なら教員でもやって稼げるのになあ」

「けっ、やな奴のこと思いださせるない」

大声でいう嘉納の名が耳に入り、珍平はつい聞き耳を立ててしまった。

「あんな畳水練が、警視庁の師範係になるってえ噂だぜ。畜生！」

二人は僅かな酒で、たちまち酔いが回ってきたようだ。

貧しいのは同情するが、武道家としての矜持が感じられない。ただの、町の破落戸と変わりなかった。

「畳水練って、なんだい？」

珍平は、そっと楓に訊いてみた。

「畳の上で泳ぎを教えるように、理屈は分かってても実際の役に立たないことです」

「へえ、姐さん物知りだねえ。でも畳水練か、ちげえねえ……」

珍平は、つい笑ってしまった。

毎日ドスンバタンやってる四郎や常次郎は少々やるだろうが、口で言ってるばかりの嘉納は、どう見ても強そうではない。

すると柔術家の二人は、珍平たちを見咎め、声をかけてきた。

「おう、そこの女。酌(しゃく)でもしてくれんか」

「ご亭主、少々女房殿をお借りするぞ」

二人が言い、思わず珍平は楓を見て、さらに二人を睨(にら)みつけた。

「夫婦(めおと)に間違われたのは嬉しいが、おいそれと貸すわけにゃあいかねえよ」

「なにい？　気に入らんな、その物言いは」

二人が気色ばみ、すっくと立ち上がった。

僅かな酒代しかなくてムシャクシャし、喧嘩(けんか)相手でも探していたのだろう。

しかし楓が、シッカリと珍平の腕を握って引っ張った。

「行きましょう」

「で、でも……」

「職人をしていたあたしの亭主は、酒の上の喧嘩で刺されて死んだんです」

「そ、そうか……」

珍平は、楓の必死な目を見て闘志を鈍らせた。

「貴様、やるのかやらんのか！」

二人は完全にヤル気になっていた。

と、その時、

「どうしました、桂さん」

声をかけてきたものがあった。

「か、嘉納先生……！」

珍平は目を丸くした。学習院の帰りだろう。颯爽とした洋服姿に帽子をかぶっている。

「なに、嘉納だと！」

二人が太い眉を険しくした。

「やあ、この方は私の知り合いです。お話なら、私が伺いますが」

嘉納は笑顔で二人の柔術家に話しかけた。

「一心流、熊谷三郎太！」

「同じく、大道寺圭介！　かかってこい、嘉納！」

二人は爛々と目を輝かせ、もう珍平などそっちのけで嘉納に対峙した。

「いや、戦いは好みません。謝って済むことならば、私がお詫び致します」

「こっちゃあ何も悪くねえんだよ、先生！」

珍平が言ったが、また楓が止めた。

「よおし、ならば土下座しろ。学士様の土下座など、我々の秘術以上に客の見ものだ」

確かに、周辺には人が集まりはじめていた。

「わかりました」

嘉納は帽子を取り、ためらいなくその場に膝を突いてしまった。

「こ、こいつ……、武道家の誇りはないのか！」

二人は、あまりに呆気ない嘉納の行動に顔を真っ赤にさせた。

「よし、そのまま儂の股をくぐれ。そうしたら許してやる！」

熊谷と名乗った男が一歩進み、大股開きで仁王立ちになった。

嘉納は顔色ひとつ変えず、そのまま這い進み、熊谷の股下をくぐってしまった。

「あ、ありゃあ……」

珍平は呆れ果て、あんぐりと口を開けた。

「ダメだ、ありゃあ本当に。行こうぜ、楓さん」

珍平は楓の手を取って立ち上がり、銭を払って茶店から出てきてしまった。

ずっと歩いてから振り返ると、二人もようやく納得したように肩を揺すって歩き去り、立ち上がった嘉納はポンポンと膝の土を払い落とした。

そして珍平を探すように見回したが、やがて諦めて別の道へと行ってしまった。

「立派な方ですね」

楓が言う。

「ええっ……？　あの先生がかい？」

「はい。なかなか、できることではありません」

「そ、そりゃあ、できねえよ。おれだって御免だね。土下座なんざ」

「でも、あの方はそれをして、あたしと珍平さんとご自分の、三人を守ったのです」

「そ、そんなもんかい……？」

珍平にはよく分からない。

「もし戦って、あの方が負けたら、今度は珍平さんの身が危ないです」

「た、戦うよ、おれだって」

「でも、さらに珍平さんが負ければ、あたしはどうなっていたか分かりません」

「………」

「それを、あの方は最初から戦わず、ご自分だけ恥を忍んで、あたしたちを守ってくれたんです」

「そ、そうなのかなあ……。おれの拳骨も避けられねえ先生だからなあ。やって負けるぐれえなら、最初から謝っちまおうとして……」

　珍平は、ただ情けなく思うだけだった。

八

「ふうむ、それは屈辱的ですな……」

　西郷四郎が、腕を組み憮然（ぶぜん）とした表情で言った。

「だろう？」

　珍平は、膝を進めて言った。

　あれから三崎町（みさきちょう）にある楓の住まいまで送り、小ぢんまりとした借家の場所だけシッカリと記憶した。

　そして珍平は、また会う約束をして帰ってきたのだった。

　夕食後も、嘉納はまったくいつもと変わらない。珍平と鬼子母神で何があったかも話すことはなかった。

　楓と出会えたことは大いなる喜びであったが、嘉納の腑甲斐（ふがい）なさは腹立たしいばかりで、それで珍平は四郎と常次郎に言ってしまったのである。

就寝前のひととき、嘉納はもちろん文部省の翻訳の仕事をして、彼の部屋からはランプの灯りが洩れていた。

「そこでだ、あの先生が本当に根性がある男なのかどうか、おれあ試したい。あの人の怒ったところを、見てみたいんだ」

「わ、わざと怒らすのですか？」

四郎が恐る恐る言った。が、その目は悪戯をする子供のようにキラキラしていた。

「私は反対です」

富田常次郎が言う。

「珍平さんは、先生のうわべしか見ていない。先生は強い方です。精神も、もちろん技も。その先生を、わざと怒らせるなんて」

常次郎は、四郎より若い時分からずっと嘉納と一緒に暮らしてきた。当然、嘉納直々(じきじき)の激しい稽古も受けてきているのだ。

その常次郎には嘉納は神様であり、畏(おそ)れ多いことなのだろう。

しかし、

「ほっほっ、何やら面白そうな話じゃの」

才槌(さいづち)和尚まで話の仲間に加わってきた。

「お、和尚……」

常次郎が困り切った表情になった。

「嘉納さんは、まだ若いのに人間が出来すぎていて面白うない。怒らせる、結構なことではないか」

「わ、私は失礼します」

常次郎は席を立ってしまった。

「と、富田さん……」

四郎は、不安げに兄弟子を呼び止めようとしたが、

「よいよい、放っておけ。常次郎も嘉納さんに似て堅物(かたぶつ)だ。真面目な奴は話してもつまらん」

和尚が言い、やがて「不真面目」な三人は、あれこれと密議をした。

九

翌日、嘉納は何事もなく出勤していった。

（ダメだあ。どうにも、ガキっぽいことしか思いつかねえ。あの坊主の知恵も頼りにならねえしなあ……）

珍平は、境内を掃除しながら思った。

昨夜は、結局まだ十七歳の四郎が居眠りをはじめ、珍平は和尚と酒を飲んでいたが、バカ話に終始して、酔って寝てしまっただけだった。

まあ、たとえ朝食の味噌汁に辛子（からし）を入れようとも、玄関の靴を釘（くぎ）づけにしようとも、まず嘉納は怒ったりしないだろう。

いつものように柔和な目を細め、

「和尚さんも桂さんも、まるで悪戯小僧のままですな。はっはっ」

と笑って言うだけだろう。

それはそうと、飯炊きのおセキ婆さんも、そろそろ永昌寺に帰ってくるだろう。

珍平も、身の振り方を考えねばならなかった。

いつまでも寺に置いてもらうわけにもいかないし、かといって、朝太の厚意に甘えるのも気が引ける。

（斎藤、いや藤田先生にでも相談してみるかなあ……）

藤田五郎は博物館の守衛のかたわら、高野佐三郎の招きにより、師範学校の剣道講師になっていた。

珍平はやがて掃除を放り出し、外へ出て行った。

しかし向かうのは、師範学校でもなければ朝太の所でもない。三崎町にある楓の住まいだった。

同じ頃、昼前から牛鍋屋に働きに出ていた朝太は、早々と来ている客が気になっていた。

当時、牛鍋屋は大人気で、夜ばかりでなく昼食用に昼から店を開けていたのだ。朝太は働き者だし、無駄遣いもせず真面目なので、女将のお仙には可愛がられていた。朝太も、三つ四つ年上のお仙に、最初は姉のような感情を抱き、今ではすっかりお仙のためだけに粉骨砕身頑張っている。

これは、やはり惚れているのだろう。

夢には未だに妙が出てくるし、済まないとも思うが、妙が死んで十三年。どうにも肉体の方が生身の女の情を求めてしまう。

できることなら、お仙と一緒になりたかった。

（それにしても、あの人たち……）

朝太は、厨房の暖簾の陰から、二人連れの客を窺ってばかりいた。

二人とも四十代前半だろう。

一人は面長（おもなが）で、こざっぱりした羽織姿にステッキを抱え込んでいる。もう一人は関羽（かんう）のような髯（ひげ）をたくわえた、支那服姿の大男だった。

久しぶりに会ったらしく、二人は酒を酌み交わしながら話に花を咲かせていた。

やがて酒のお代わりを言われたとき、朝太は自分で運んでいった。

「お待たせしました」

「ん……？」

ステッキの男の方が、チラッと朝太を見上げた。どうやら、彼の方も見覚えがあるらしい。

「おお！　掛け合いの片割れではないか。確か、朝太」

言われて朝太の方もようやく思い出した。お互い髷がないから、すぐにはピンとこなかったのだろう。

「な、永倉先生ッ……」

朝太は目を丸くした。

誰あろう。彼こそ新選組二番隊隊長、永倉新八その人であった。

「お、お懐かしゅう……」

「おいおい、朝太、おれの方も忘れるんじゃあねえぞ」

もう一人の、髯面の男が言った。

「え……？」

見ると、髯の奥でニヤニヤ笑っている。

「ま、まさか、原田先生……」

「おうよ。その左之助さ」

「て、てっきり上野の戦争で戦死なさったかと……」

「ああ、負傷はしたが、こうして生きてらあ」

原田左之助、彼は十番隊隊長だった。

当時から、原田、永倉は仲が良く、流山で近藤、土方と決別したときも二人は一緒だった。

「おい女将。この男、しばらく借りるぞ！」

原田が大声で奥へ言い、朝太も席に座らせて話に加わらせた。

やはり話題は、新選組隊士のその後の消息だ。

「そうか、珍平も元気か。それから、斎藤さんも東京に居るとは思わなかった。

まあ飲め飲め」

永倉がステッキを撫でながら言う。

ステッキはやけに太く、蔓が巻いてある。恐らく仕込み杖だろう。時代が変わっても、永倉は根っからの剣客なのだ。

彼は松前藩出身だから、箱館戦争後の北海道に渡り、結婚もし、監守をして暮らしていた。

「今回は、懐かしい江戸に戻ってな、板橋に、近藤先生と土方さんの墓を建ててきたのさ。そうしたら偶然、原田くんと再会したのだ」

すべては、近藤をはじめとする、死んだ隊士たちの導きなのかもしれない。

原田左之助は幕末、近藤らと別れてから永倉とともに靖兵隊に入ったが、その後彰義隊に移り上野で奮戦。

やがて負傷、本所で療養していたが、伝手を頼って横浜港から清国へと逃亡。大陸浪人となり、こうしてたまたま僅かの帰国の間に永倉と再会したのである。

「珍平や斎藤さんとも会いたいが、明日にも蝦夷へ帰らにゃならん。女房子供が待っているからな」

「ああ、おれも船が今夜出るんだ。また大陸で大暴れしてくるさ。まあ飲め飲め」

やがてひとしきり飲み、三人は席を立った。

「斎藤さんによろしくな。それから珍平にも」

「じゃ達者で暮らせよ」

二人の男たちは言い、それぞれの世界へ帰っていった。

「朝太さん、あなた一体どういう方だったの？　いろんなお知り合いがいて……」

お仙が目を丸くして言った。

いかにも士族然とした男たちや大陸浪人とまで親しげに話しているのだ。貧相な朝太からは、まるで釣り合いの取れない知人ばかりではないか。

「は、はあ……」

昼間からさんざん飲まされ、しかも新選組の元大幹部二人が帰ると急に緊張が解け、朝太はフラフラと倒れかかった。

「あらあら、少し休んだ方がいいわね」

「す、すんません……」

朝太はお仙の胸に抱かれ、そのまま目を回してしまった。

十

夕方から曇ってきたが、夜になって、とうとう雨になった。

楓に借りた傘を持ち、露地を抜けた珍平は小走りに下谷へと向かいはじめた。

押し詰まった師走の風は冷たいが、胸の奥は温かい。

あれから毎日のように、団子や雷おこしを持っては楓を訪ねているのだ。

特に、何の用があるわけでもない。縁側に座って縫い物をしている楓を見ながら、バカ話をして彼女を笑わせていれば、それで幸せなのである。

楓は亭主に死に別れて三年。狭い借家で慎ましやかに暮らしていた。

(いいねえ。あの人と一緒にいるだけで、何かこう、心ん中まであったかくなるね)

珍平は楓の面影を胸に抱き、早くちゃんとした職を見つけねばと思った。職と住まいさえしっかりすれば、いつ求婚したっていいだろう。

と、その時、

「あ、チンペさんじゃないですか」

いきなり珍平は声をかけられた。

「おお、四郎くん。どこへ行く」

「雨が降ってきたから先生をお迎えに」

「そうか、おれも行くよ」

四郎は、浅草のたつみやに俥を返した帰りらしい。

「チンぺさん、夕食の支度は？」

「ああ、今夜からおセキさんが帰るって言うからな、おれは他へ遊びにいってた」

「そうですか」

四郎が寂しげに言う。セキが戻れば、珍平がすぐ出ていくと思ったのだろう。

「嘉納さん、今日は帰りが遅いじゃねえか」

「先生は、今日は警視庁のお偉いさんに呼ばれてました」

「へえ……」

「これで、柔道が武術師範係になれば良いのですが」

四郎が言ったが、珍平は内心「どうだか」と思っていた。

やがて鬼子母神の境内にさしかかると、遠くの方から嘉納が歩いてくるのが見えた。いつものステッキに山高帽で、見間違いはない。

四郎が声をかけて駆け寄ろうとすると、その前に、もう閉まっている茶店の陰からバラバラと数人の男が飛び出し、嘉納を取り囲んだ。

「……？」

珍平と四郎は息を呑み、身構えた。

しかし、取り囲まれた嘉納は実に落ち着いたものだ。

「何か用ですか？」

嘉納の声が聞こえた。

何かあれば加勢する姿勢を見せている珍平も四郎も、その穏やかな声に、つい飛び出す機会を逸していた。

「黙れ！　貴様が総監にどんな屁理屈を言って取り入ったか知らねえが、食うや食わずの柔術家を小馬鹿にするのもいい加減にせいっ！」

声に聞き覚えがあった。数日前、珍平が楓と出会った日に茶店にいた柔術家だ。

男たちは全部で五人。どれも筋骨たくましい大兵だ。

「それで、闇討ちですか？」

「おおよ、今夜ばかりは股をくぐったって許さねえ。その腕の一本もヘシ折らにゃあ武術家の面目が立たねえんだ！」

男、熊谷は怒鳴り、袴の股立ちを取って下駄を脱いだ。

他の男たちも、嘉納を待っていただけにすっかり戦う支度を整え、じりじりと迫っていた。

もちろん彼らも柔術家である以上、武器は持っていない。

一人を大勢で囲む卑怯には気づいていないようだが、これは試合ではなく決闘でもない。懲らしめのつもりなのだ。

「覚悟しやがれ。天誅だ！　武道を汚す青二才め！」

大道寺という大男が怒鳴り、真っ先に突っ掛けていった。嘉納の正面から摑みかかろうとする。

摑まれたが最後、小兵な嘉納はブン投げられるか、引き倒されて関節を決められるだろう。

だが――。

「うひゃあっ……！」

声を上げ、大きく弧を描いて宙に舞ったのは、その大道寺の方であった。

「肩車……」

珍平には見えなかったが、四郎が目を輝かせて呟いた。

二間も先に投げ飛ばされた大道寺が、大きな水溜まりにザバーンと音を立てて落下し、同時に嘉納は黒いマントを脱いで木立の枝に引っ掛けた。

さらにステッキを土に刺し、その上に山高帽を載せた。

「馬鹿者！」

大音声が響いた。嘉納が、柔和な笑みを消して怒鳴りつけたのだ。

さらに仁王立ちになった嘉納の姿を、カッと閃いた雷光が照らしだした。

「こ、恐え……」

珍平は、その恐ろしげな形相に震えあがり、思わず四郎に抱きついた。

「武道の面目を思うものが闇討ちか。伝統を汚しているのはどちらだ。恥を知れ！」

「や、野郎……」

嘉納の叱咤に促されたように一人が言い、横から嘉納に組みついていった。

しかし、珍平から見ると、僅かに嘉納が身体を動かしただけで、男は嘉納の肩を中心に円を描いていた。

「い、一本背負い……。す、すげえ！」

西郷が興奮して言う。

彼も、嘉納の迫力に、助けることも忘れて珍平と身を寄せ合い、木立の陰から様子を窺うばかりだった。

「こ、こいつが、あの嘉納さんの本当の姿か……。こいつあ、恐れ入谷の何とやら」

珍平はカチカチと歯を鳴らして呟いた。

こんな恐ろしい男を、あろうことか怒らせようとしていたのだ。

投げられた二人は、受け身を取る暇もなく肩を打ち、どちらも呻きながら地を転がっていた。

今度は左右から男が、嘉納に向かい二人で飛び掛かった。

「う、うわあッ……！」

組んだかと思うと、右の男が実に鮮やかな払い腰で見事に宙に舞い、振り返った嘉納は流れるように左の男の襟と袖を摑み、押されるまま後退した。

と、嘉納は一瞬にして男に背を向けて身を沈め、

「とおッ！」

裂帛の気合いとともに男を頭上に跳ね上げていた。

壮烈な跳ね腰に男は鞠のように飛び、立ち木にぶつかって昏倒した。

「名乗れ！」

嘉納は、残る一人に向かい、無造作に間合いを詰めて言った。

「い、一心流、熊谷三郎太……！」

「前に、会ったな」

嘉納は、雨に濡れた前髪をかき上げて言った。

「く、くそッ……」

熊谷も、あの時に土下座し、股をくぐった嘉納がこれほどまでに強いとは思ってもおらず、全くの計算違いに焦っていた。もっとも、そのとき熊谷が思ったことは、もっと大勢連れてくれば良かった、ということだけだったが。

熊谷とて、そうそうは試合経験があるわけではない。今回も、ほんの酒興で繰り出してきただけだ。それが思いがけない嘉納の強さに接し、あまりの緊張にもう声も出なかった。

「さあ来い！　君一人戦わず帰るわけにはいくまい」

嘉納が言い、近々と間合いを詰めていくと、熊谷は吸い込まれるように組みついていった。

しかし、闘志満々だった大道寺の半分の手応えもない。

「ひいーっ……！」

大柄な熊谷は嘉納に背負われ、足を払われて悲鳴を上げ、回転して飛んでいった。まるで竜巻に舞い上げられたかのようだ。

「あ、あの技は……」

四郎は目を輝かせ、ドドーンと水溜まりに落下した熊谷を見た。

嘉納は、そのまま何事もなかったかのようにマントを羽織り、帽子をかぶりステッキを突いた。

昏倒した連中も、やがて雨に打たれて蘇生するだろう。

やがて嘉納が鬼子母神の境内を出たところで、珍平と四郎は彼の前に飛びだした。

「先生……！」

四郎は感激に胸が詰まり、珍平はすっかり委縮してしまった。

「おお、迎えにきてくれたか」

嘉納は、もう元の柔和な笑顔に戻っていた。息ひとつ切らしてはいない。

「先生、あの最後の技は……？」

四郎は、嘉納に番傘を差しかけて訊いた。

「山嵐。まだ不完全だがな」

「あの技、僕に教えてください！」

四郎が勢い込んで言う。

珍平は、この嘉納の頭をブン殴った右拳が、今になって痛むようだった。

十一

「そ、そんなあ……。しょ、所帯を持つんですってえ……？」

珍平は情けない声を出した。

楓の家の縁側である。

いつものように菓子を持って遊びにきていたが、楓が済まなそうに爆弾発言をしてきたのである。

珍平は、飯炊きのおセキが永昌寺に帰ってきても、買物や雑用でズルズルと置いてもらっていた。

それでも、嘉納や和尚の厚意に甘えてばかりいるのも心苦しいので、そろそろ出ようと思い、その前に今日こそ、楓に求婚しようと思って来た矢先のことだった。

「ごめんなさいね。前から言われていたんです。死んだ亭主の親方って人が、やはり奥様に死なれて……」

楓も、うすうす珍平の気持ちは察していたのだろう。

むしろ、いつ言おうか言おうかと思いながら、珍平のお喋りに付き合って言いそびれていたようだった。

「そ、そうすか……。そいつあ、おめでとうございます……」

珍平はそれだけ言い、すっかり意気消沈して楓の家を出てきた。

（あーあ、あんな将軍の言うことが、アテになるわけなかったんだ……）

どこをどうとも分からず、フラフラと歩くうち、珍平はドスンと人にぶつかった。

「気をつけろい、この野郎！　な、なんだ、朝太じゃねえか……」

何と、肩がぶつかったのは朝太だった。

「どうしたい、朝の字。こんな明るいうちからフラフラしやがって、牛鍋屋の方はいいのか？」

「ああ……」

朝太は、すっかり青ざめ、生きた死人のようだった。

「何でえ何でえ、元気がねえぞ。何かあったのか」

珍平は、自分もムシャクシャしていたので、朝太を誘って近くの茶店に入った。

「じ、実は……」

朝太が話しはじめる。

どうやら、牛鍋屋の女将のお仙が所帯を持つことになったようだ。

店も他人に売り渡し、彼女はさる大店の内儀に納まることになったらしい。

それで、雇い人は継続して働けるようお仙が計らってくれたが、すっかり元気をなくした朝太は、給金だけもらって辞めてきてしまったようだ。

「ぎゃはははは！」

それを聞き、珍平は腹を抱えて笑いだした。

「こいつ、何がおかしいんでえ！」

朝太がムッとして珍平の胸ぐらを摑んだが、

「まあ待て待て」

珍平は彼の手を外して茶を一口飲んだ。

「よくよく、おれらは似てるんだなあ。結局、残るのはおれら二人だけだってことよ」

　怪訝な顔をする朝太に、珍平は自分も失恋したことを打ち明けた。

「そうか……」

　朝太も、驚いたように珍平を見た。

「ま、おれらはいつも二人だった。お互い辛いことがあっても、二人なら辛さも半分だ」

「ああ、そうだなあ。おめえの話を聞いて、少しは気が楽になったようだ」

　朝太も、ようやく笑顔を見せる余裕を取り戻してきた。

「それよか、お互い気を取り直してよ、二人で働き口を探そうぜ」

「ああ、そうしよう」

　二人は茶店を出て、肌に沁みる寒風を受けながら、取りあえず今日のところはそれぞれの寝ぐらへと別れた……。

　――年が明け、明治十六年となった。

　やがて松も取れたある日、永昌寺では、講道館の鏡開きが行なわれた。

客も大勢呼び、柔術界からは嘉納の師匠筋にあたる起倒流の飯久保恒年。師範学校からは剣道家の高野佐三郎、藤田五郎が祝いに駆け付けてくれた。

そして宴の翌日、ようやく珍平は永昌寺を出て朝太の長屋へ転がり込んだ。

十二

「これから、どうなるのかなあ」

「ああ」

「いい天気だなあ」

「ああ」

珍平と朝太は、旅支度で東海道を下っていた。

あれから二人で貧乏長屋に住んでいたが、結局、朝太が牛鍋屋からもらった給金も使い果たし、家賃も払えなくなって長屋を追い出されてきたのである。

まあ、すぐに働く気が起きないほど、珍平も朝太も失恋の痛手、というより生来の怠け癖でゴロゴロしていたのである。

一人だと真剣に働くのだが、二人が一緒になると、つい楽天的になってしまった。

今回も、特に当てもなく西へ向かっているだけだ。

荷物といえば、僅かな着替えと下帯だけ。朝太は、それに妙の位牌が加わっているだけだ。

「新選組に講道館かあ。今度は、何が待っているのかなあ」

「ああ」

二人で気楽に歩いていると、坂道にさしかかった。

と、大きな荷車を押している一行に行き当たった。

「お、女ばかりだねえ。ひいふうみい、四人もいるよ。一人婆あが混じっているけどね」

「ああ、もう一人、爺いがいるけど荷車の上で引っ繰り返ってるね」

「手伝ってやるか」

「ああ」

二人は駆け寄り、女たちに混じって荷車を押してやった。

「あ、申し訳ありません」

三人姉妹らしい、一番上の女が言った。

「なあに、いいってことよ」

二人は力を込めて荷車を押し、やがて坂上まで行ってから、近くの原っぱの木陰で休んだ。

話を聞くと、見世物小屋の一行らしい。

両親に三姉妹の五人家族だ。

「連れ合いが病で起きられず、男手がいなくて困っていたところでございます。本当に有難うございました」

初老の母親が言う。

なるほど、親父の方は荷車に寝たきりで、心細げにこちらに会釈するだけだ。

三姉妹は美人揃いだ。

長女は四十前、末っ子も三十そこそこだろう。しかし舞台に立てば、少女の扮装で出ることもあるのだろう。

みな、火吹きや蛇使いなどの技を持ち、他に河童小僧やろくろ首などのからくりも荷の中にあるようだ。

「そいつは難儀な旅だなあ。で、どこまで行くんだい？」

「はあ、土地土地のお祭りを渡り歩き、最後は京の街を寝ぐらにしております」

母親が言うが、唯一の男が寝たきりとなり途方に暮れているようだ。

「へえ、京か。懐かしいなあ、朝太よ」

「ああ」

「どうだ朝太、ここはいっちょう」

「ああ。そうしよう」

二人は顔を見合わせて頷き合い、やがて珍平が母親に言った。

「おれらを道連れにしちゃあくれねえかい？　力仕事でも口上でも何でもやるぜ」

「ほ、本当ですか？」

「ああ、おれらも京へ向かおうと思ってたんだ。なあに、用があるわけじゃなし、ノンビリと祭りを渡り歩いて行こうぜ」

珍平が言うと、三姉妹も顔を輝かせた。

「でも、口上は難しいですよ。うちの人の名調子が人気だったので」

「なあに、二人でやりゃあ簡単なもんさ。ちょっとやってみよう」

珍平は、朝太と一緒に話しはじめた。

「ええ、親の因果が子に報いと申しますが」

「そりゃおめえのことかい？」

「おれじゃねえって。可哀相なのはこの子でございい」

「そう、こいつは背が伸びず可哀相で」

「おれじゃねえってば」

すっかり漫才の勘が戻ってきて、二人は江戸弁の早口でまくしたてた。

「あははは！」

女たちは腹を抱えて笑い、寝たきりの親父まで身を揺すってヒイヒイ笑いだした。

「ま、こんなもんで掛け合いをやってりゃ客は集まるでしょうぜ」

「お二人とも、何をなさっていた方です？」

長女が笑いすぎ、涙を滲(にじ)ませて訊いた。

「むかし寄席に出てたし、その後は、色々あって積もる話は山ほどでさあ。ま、道々お話ししましょう」

やがて二人を加えた一行は、次の街をめざして西に向かって歩きだした。

第三話　吾輩の青春

一

「暑いね、どうも。それにすげえ人だ」

「ああ……」

「ま、汽車の開通で、思ったより早く東京に戻れたがな。その代わり切符と駅弁代でスッカラカンだ」

「ああ……」

珍平は懐かしい浅草の町を見回し、やがて朝太と一緒に伝法院の境内に入って座り込んだ。もう茶店に入る金さえないのだ。

二人とも、もう着物はヨレヨレで汗に湿り、顔も土埃で真っ黒だった。

「なんか、いつもこうだね、俺らは」

「ああ……」

朝太は頷く元気もなく、空返事をするばかりだ。

荷物といえば斜めに縛り付けた風呂敷ひとつで、中身は汚れた下帯だけだ。

ノッポとチビの二人とも、ボサボサのザンギリ頭で、何とも汚い弥次喜多であるが、それでも二十時間ちょっとで神戸から新橋まで来ることができたのは、やはり文明開化の力だった。

東海道線の開通が、つい先月。つまり明治二十二年（一八八九）七月だ。

神戸―新橋間の運賃が三円七十六銭。駅弁は、梅干し入りの握り飯二つに沢庵つきが七銭。

当時、日雇いの賃金が約十七銭だから、運賃だけで二十二日分。高価だ。

六年前に西に向かった時と同じく、ひと月ぐらいかけて歩いて帰ってきても良かったのだが、一日で懐かしい江戸に戻れるということと、蒸気機関車への好奇心に負け、特に何の用があるというわけでもないのに、有り金はたいて乗って帰ってきてしまったのだ。

「あの子たちゃあ、どうしてるかねえ」

「よせやい。もう済んだことだ」

朝太が、ようやく唇を湿してまともな言葉を喋った。

あの子たち、というのは二人が六年前、京へ向かう途中で知り合った、見世物芸人の三姉妹のことである。

名は、上から雪絵、月絵、花絵と言った。

道連れになり、土地土地の祭りを廻りながら興行を手伝い、病に伏している父親の代わりに口上を務めたり、小屋の建て替えから見世物のカラクリまで何でもやってきた。

やがて当主である父親が死んでからも、二人は見世物を手伝って京の街に落ち着いたが、老いた母親は亭主を亡くし、長旅での興行にも疲れ、墓のある京に落ち着きたいと言いだした。

かくして、長女の雪絵に旦那がつき、その世話で小料理屋をはじめることとなった。

朝太も珍平も厨房に入って手伝い、三姉妹の店はたちまち評判となった。

しかし三女の花絵は大店の若旦那に見初められて嫁ぎ、真ん中の月絵のみ看板娘として店に残った。

そして当然ながら、惚れっぽい朝太が月絵に思いを寄せたが、これまたいつものように失恋。一番の美人だった月絵も、やはり然るべき旦那がついてしまったのである。

まあ、三姉妹にとって朝太と珍平は、優しくて親切で、面白いおじさんたちに過ぎなかったのである。

それでも結局、二人は四、五年ほど一家と一緒にいただろうか。

世話をしたつもりが、随分と世話になってしまったものだ。

ある程度金が貯まると、懐かしい新選組時代の壬生を歩いたり、八木邸や前川邸も訪ね、多くの新選組隊士たちの墓に詣ってから、こうして東京に戻ってきたのだった。

「なんか、でっかい建物を作ってるね」

「ああ、すげえ高さだね。三十間以上あるか……」

珍平の言葉に、朝太も京の思い出を振り払うように彼方を見上げた。

赤煉瓦造りの塔が建造中で、下の看板には『浅草十二階、凌雲閣』と書かれている。

「人足でも雇っているかもしれないね」

「ああ、でも……」

「ん？　そうだな。もう、俺らも何でもできる年じゃねえんだなあ」

二人とも、もう四十代半ばである。

とにかく、こうしていても仕方がない。

二人は汗を拭き、ようやく立ち上がって境内の水を飲んだ。

と、その時である。

ドスンと珍平に突き当たってきた男があった。

「気をつけろい。どこ見て歩いてやがる」

空腹で啖呵（たんか）にも力が入らないが、相手の方は、もっとボロボロで、突き当たった弾みにコロリと引っ繰り返ってしまった。

「あれれ、ずいぶんと汚（きたね）え野郎だね。おい、でえじょうぶかい？　若いの」

二人は驚いて、倒れた男を引き起こした。

青年は、二十歳（はたち）ちょっとだろうか。二人に負けないほど着物はヨレヨレで、顔中が土埃と垢（あか）で真っ黒だった。

しかし着物は割に良い物で、顔立ちもなかなかの男前ではないか。

見れば脚絆（きゃはん）が巻かれ、背には荷物と蝙蝠傘（こうもりがさ）を斜めに背負っているので、どうやら二人と同じく旅の途中のようだった。

「おい朝太、水だ」

「ああ」

朝太が境内の水を手のひらにすくって運び、青年の口に流し込み、さらに濡れ手ぬぐいを額に当ててやった。

「うーん……」

　やがて青年は息を吹き返し、ぼんやりとした目で二人を見上げてきた。

「気がついたかい？　どうしたんだ」

「はあ……。たぶん脱水症状に日射病。それに前に患った腹膜炎の後遺症に、トラホームを少々……」

「なんか、衛生博覧会だね。家はどこだい。送ってやるよ」

「い、いや、こんな有様で帰りたくない。まず、学校の方で一休みを……」

「いいよ、学校は」

「本郷の第一高等中学です」

「お前さんの名は」

「夏目金之助です」

　珍平と朝太は、両側から金之助を引き起こし、三人でよろよろと歩きはじめた。

二

　炎天下のなか、本郷まではかなりあったが、三人は神社や寺の境内の木陰で休み休み歩いた。

金之助は、友人たちと房総旅行に行った帰りで、別れて一人になってからもブラブラと考え事をしながら旅を続け、とうとう金を使い果たしてしまったようだった。

「いってえ何を考え事していたんだい？」

「はあ、それは……」

金之助は言いよどんだ。

「ははあ、色恋の悩みだな？　そうだろ？」

珍平が言うと、金之助は肯定する代わりに顔を寄せてきた。

「あなたは、多くの恋をしてきましたか」

「な、なんだよ、深刻な顔しやがって。そりゃあ、してきたよ。俺もこいつも」

「…………」

金之助が勢いづいたのも一瞬で、すぐにまたグッタリとうなだれてしまった。

「なんでえ、あとが続かねえな。まあいい。出会ったばっかしで、何でもぺらぺら喋れるもんじゃねえやな」

「おめえじゃあるまいしな」

朝太が言い、珍平が苦笑すると、

「あ、ここです」

金之助が指して言った。

見ると、第一高等中学校の門があった。もと東京大学予備門で、木造二階建ての学舎や学生寮がウナギの寝床のように並び、その彼方に東大の建物が見えていた。

「あ、なんだ。ここか。懐かしいなあ」

珍平が言うと、

「大学の出身者ですか?」

金之助が驚いて言う。

永昌寺に世話になっている頃、東京高等師範学校とともに、嘉納の用事で東大にも何度か使いに来たものだった。

小石川の師範学校もここから近い。

「ん、まあな。少しだけだけど……」

珍平は曖昧(あいまい)に頷き、

「そうだ。ついでに藤田先生にも会ってくるか。まだ剣術師範やってるだろう」

金之助を置いて、さっさと小石川方面に歩いていった。

「斎藤先生か」

「おうよ。まだバリバリやってるだろうさ」

朝太も顔を輝かせてついてくる。

新選組時代、京都で世話になった三番隊隊長、斎藤一あらため藤田五郎である。

二人が歩いていると、急に好奇心が湧いたか、金之助まで寮に戻らずについてきてしまった。

「なんだい、友だちのいる寮で休むんじゃなかったのかい？」

「はあ、後学のため今しばらくご一緒に」

「構わねえけどさ。そうだ、おめえさんも剣道か柔道でも始めたらどうだい？　そうすりゃ腹減ってブッ倒れるようなこともなくなるぜ。俺たちゃ、高師の剣術師範も講道館の先生も知ってるんだから」

「そ、それはすごい。一体お二人は何をしてる方なのです」

金之助は、朝太と珍平のことが気になって仕方がないようだ。

しかし、もちろん珍平はその質問には答えない。

「やるかい？　武術を」

「い、いや、それは遠慮します。水泳やテニスぐらいならしますが、全部遊びですので。それに僕は文士志望でして」

「ほう。顔の広え俺らだが、文士だけは知り合いがいねえなあ」

珍平は言い、やがて師範学校に着くと、そのまま学内に入り武道場へ行ってみた。

「おお、やってるねえ」

竹刀の交わる懐かしい音が聞こえ、朝太と珍平は武者窓から中を覗いた。

「相変わらず新選組ほどじゃねえが、だいぶやるようになってきたようだ。やはり藤田先生の指導がいいんだねえ」

「おお！」

珍平が偉そうに呟くと、朝太もすぐに、指導している藤田五郎を認めた。

藤田も気づいたようだ。

彼だけは素面素籠手で、稽古着に竹刀片手に武者窓に近寄ってきた。

かなり老けたようで、白髪混じりの髪が後退しているが、やはり精悍な稽古着姿が良く似合い、新選組三番隊隊長、斎藤一の面影は健在だった。

「元気だったか。二人とも」

「はい。また、長い旅を終えて江戸に戻ってきました」

「変わらないなあ、君たちは。住まいの当てはあるのかね？」

「いえ、まだ」

「そうか。飯でも食いながら相談に乗ろう。もう少し待ってくれ」

藤田が話していると、面を脱いだ高野佐三郎も来た。

「お久しぶりです。お元気そうですね」

「おお、高野くんも正式な師範ぶりが板についたねえ。結構結構」

珍平が反り返って言うと、また金之助が驚いたように彼を見た。

「ところで講道館の方は？」

「今は真砂町（まさごちょう）に道場を構えてますが」

「なんだ、近くじゃねえか。じゃ、そっちへ顔出してこよう」

珍平と朝太は、藤田や高野と夜に落ち合うことを約し、武道場を離れた。

「講道館で、何か食わしてくれるかもしれねえな」

「ああ」

二人が師範学校を出ると、金之助もついてきた。

「た、高野さんって、あの有名な剣道の」

金之助が言う。

文士志望でも、高野佐三郎の名ぐらいは知っているようだった。

「おうよ。あの頃はまだ二十歳そこそこだったが、他の学生とは一味違ってたね。まず、彼に匹敵するのは沖田先生ぐらいのものかなあ。知ってるかい？　新選組の沖田総司」

「いえ」

金之助は小首を傾げながら、この、汚いなりだが、やけに顔の広い二人連れに興味津々で疲労や空腹も忘れたように従った。

小石川から、本郷真砂町は歩いてものの十分ほどである。

近づくにつれ、ドスンバタンと稽古の音が聞こえてきて、講道館はすぐに分かった。

「へえ、立派な道場だねえ」

「ああ」

「あの学士さん、出世したんだねえ」

道場に近づき、また武者窓から中の様子を窺った。玄関から訪うても、喧しくてどうせ誰も出てこないだろう。

覗くと、道場正面に「力必達（つとむればかならずたっす）」の額が掛かり、総勢二十数人の若者が乱取りしていた。

格子の間から、若者たちの熱気と汗の匂いが漂ってきた。

ほとんどが白帯で、黒帯はほんの数えるほどである。しかし見渡したところ、知った顔はない。

と、一人の黒帯が稽古を終え、窓の方に近づいてきた。

「ああ君君」

珍平が声をかけた。

「はあ、僕ですか？」

「うん。嘉納さんを訪ねてきたんだが」

「あなた方は」

二十歳ちょっとの若者は、手ぬぐいで汗を拭き拭き言った。

「むかし嘉納さんに世話になった桂と坂本と申す」

「そうですか。先生はいらっしゃいません。来月からの欧州行きの準備で忙しく」

「ほう、富田くんは？」

「伊豆に帰ってます」

「じゃ四郎は？」

「さ、西郷先生までご存知ですか」

「うん、いるかい？」

「道場にはいらっしゃいませんが、ご案内します。お待ちを」

青年はいったん引っ込み、やがて着替えて道場から出てきた。

「へえ……」

珍平も朝太も、金之助も目を丸くした。

出てきた青年は、真っ白い夏用の、海軍少尉候補生の制服に身を包んでいたのだ。

「お待たせしました。ではご案内します」

「いいのかい？　稽古は」

「はい。休暇も終わり、このまま隊に戻ります。あ、申し遅れました。講道館初段、広瀬(ひろせ)武夫(たけお)です」

「それにしても、四郎の奴あ、もう先生なのかい？　まだ二十……」

「西郷先生は、私より二つ上の二十四です」

「僕より一つ上だ」

金之助が言う。

やがて三人は湯島まで歩き、広瀬が一軒の牛鍋屋の二階を指した。

「今日はここで寄り合いがあると言ってました。まだいらっしゃるでしょう。では、私はここで」

「そうかい、どうも有難う」

海軍式の挙手をした広瀬と別れ、三人は牛鍋屋に入っていった。

三

「ち、珍平さん！」

二階の座敷に通されると、すぐに西郷四郎が満面に笑みをたたえて声をかけてきた。

「おっきくなったなあ。酒もいけるようになったんだな」

珍平も、見違えるように立派になった四郎の男ぶりに笑みを浮かべた。

「朝太さんも、どうぞ」

四郎は、三人に席をすすめた。

もう十七歳だった坊主頭の面影はない。ぱらりと前髪が額にかかり、着物も袴も良いものだ。小柄なままだが、さらに筋肉もついたようだ。

四郎の他に、もう一人いた。顔じゅう鬚面の、年齢不詳の壮士ふうの男だった。

「そちらは？」

四郎が言う。

「夏目金之助と申します。行き倒れたところを、お二人に助けられて、そのまま」

「わははははは！」

金之助の言葉に、鬚の男が大笑した。

「ようこそ！　まずは一献！　賑やかなのは嬉しい。食いかけで申し訳ないが、遠慮なくやってください。女将！　酒の追加じゃ。それに肉と五分を山ほど！」

男は階下に怒鳴りつけてから、自己紹介した。

「宮崎寅蔵、またの名は滔天。肥後の産です。東京専門学校中退、あははは、そんなことはどうでも良いか。西郷くんの盟友です」

宮崎は杯を差し出し、豪快にあおった。

「宮崎さん。このお二人は新選組だったんですよ」

四郎が言うと、宮崎も金之助も驚いて目を丸くした。

「おお！　道理で久しく見ない武士の面構え！　いや、ご苦労なさった先達に敬意を表して、まずは乾杯！」

　かなり調子の良い男のようだが、とにかく三人は、さっきから煮えている牛鍋の匂いに腹も喉もぐびぐび鳴っていた。

　やがて酒を飲み、三人は牛肉を腹いっぱいに食い、ようやく人心地がついた。

「もう勤皇も佐幕もない。我ら日本人が一丸となって、毛唐の悪しき文化習慣を追い出さねばならんのです！」

　酔った宮崎が演説をはじめた。

「鹿鳴館での馬鹿踊りは何たることか。大和撫子が胸の開いた洋服を着て、毛むくじゃらの毛唐と抱き合うなど言語道断！　柔術剣術を古臭いと一蹴し、何でも毛唐の猿真似をすることが文明開化なのか！」

「そうだそうだ！」

　演説なら珍平も負けてはいない。何しろ噺家から見世物小屋の呼び込み口上までやってきたのだ。

「そもそも条約改正はあ！」

「ノルマントン号事件はあ！」

「岸打つ波の音高くう、夜半の嵐に夢さめてえ！」

「おっぺけぺっぽーぺっぽっぽー！」

西郷は二人のやり取りを聞きながら、終始ニコニコして杯を重ね、宮崎と珍平はすっかり意気投合して気炎を吐いていたが、朝太は、悩み事があるらしい金之助の様子が気になって仕方がなかった。

やがて喋り歌い疲れたか、ようやく宮崎と珍平が静かになった。

すると、真っ赤になっている金之助が口を開いた。

「滔天というのは、良い号ですね」

「ん？　分かって頂けるか？　そう、水が広がり漲るような、そんな広い心を持っていたいと願う気持ちでつけたのです」

「僕も、今度の房州旅行で、号をつけてみました」

「ほう」

「漱石と言います」

「それはいい。石に漱ぎ流れに枕す。負けん気の強そうな名だ。君は江戸っ子だね？　金之助よりも良い。一千円の値打ちはある」

宮崎に誉められ、金之助は嬉しそうに頷いたが、漢字の素養のない朝太と珍平は何のことやら分からなかった。

やがて師範学校に使いを出し、藤田五郎と高野佐三郎も呼んで合流し、その夜は遅くまで皆で飲んだ。

四

「うう、悲しい……」

朝太が酔っぱらって泣きはじめた。

縄のれんの片隅である。これで何軒目になるだろう。もう、西郷四郎や宮崎滔天は別の店へ行き、藤田五郎と高野佐三郎は帰った。藤田が金を置いていってくれたので、朝太と珍平、金之助の三人だけ残り、こうして飲み歩いていたのだった。

「泣くんじゃねえよ、朝太」

「どうしたんです、大丈夫ですか」

珍平の言葉に、金之助も心配そうに朝太を見て言った。三人とも酔いに真っ赤になっているが、比較的冷静なのは最年少の金之助である。何か悩みを抱いていることもさることながら、それ以上に好奇心を持って二人を観察しているのだろう。

「なあに、こいつぁ飲めばいつもこうなるだけだ。いろんなことを思い出しちまうんだろうなあ」

「ははあ、泣き上戸ですか」

死んだ妙のことを思い出しているのか、それとも、その後の数々の恋を悔やんでいるのか、朝太はメソメソと泣いていた。もっとも朝太は珍平と違い、妙と正式に所帯を持った一年間を過ごしているのである。いつも一緒だった二人が唯一離れていた時期のことならば、その部分だけは珍平も入り込めないのだろう。

珍平と金之助は構わずに話を続けた。

「金の字、お前さんは泣かないのかい」

「そういえば、久しく泣いておりませんねえ」

「けっ、久しく泣いておりませんときやがった」

「転んで痛くて泣いたのは子供の頃で、今は痛くても泣きませんし」

「当たりめえだ。大人になると膝をすりむいて痛えぐれえじゃ泣かねえ。心が痛むほど悲しかったり嬉しかったりすると、泣くもんだ」

珍平は、すっかり冷めた酒をぐいとあおった。もう看板が近いのか、店内の客も粗方いなくなっている。

「珍平さんも泣きますか」

「泣くよ。蝦夷で、土方先生が撃たれて死んだときにゃ悲しくて大泣きしたし、江戸で斎藤、いや東京で藤田先生と再会したときにも、嬉しくて泣いちまったしな」

珍平は、土方のことを思い出し、さらに多くの新選組の面々、三人娘と再び訪ねた京の町の風景などが雪崩のように頭に流れ込み、とうとう彼までグスグスと洟をすり上げはじめてしまった。

「ち、珍平さんまで……。どうしてこう涙もろいかなあ……」

金之助は呆れたように言い、柱に寄りかかって二人を見た。

「おめえが泣かねえのは、体中の水分がみいんな精汁になって出てるからじゃねえのか」

珍平が洟をかんで言うと、金之助は心外そうな顔をした。

「そ、そんなことしておりません」

「どっちにしろ、泣けねえほど溜め込んでるってわけだ。体に良くねえぞ。よし、これから女のいる店に行こう。おい朝太」

「おお、行くか。せっかく江戸に帰ってきたんだ。まず女だな」

「へへっ、そうこなくちゃ」

女と聞いて元気になった朝太を見て、珍平も笑顔になった。

「ちょ、ちょっと、僕はそんな店には行きません……」

立ち上がりかけた二人に、金之助が慌てて言う。

「金なら心配ねえ。先生が多めに置いてってくれたからな」

「そ、そういうことでは……」

金之助は尻込みしたものの、二人に引きずられて縄のれんを出た。

「さあて、吉原(よしわら)はどっち行きゃいいんだ」

「こっちだろう」

二人は、両側から金之助の腕を掴(つか)み、連行するように東へと向かいはじめた。今日は飲みながら移動し、すでに上野に来ていたので、吉原も目と鼻の先である。もちろん珍平も朝太も、昔から吉原など行ったこともなく、もっと安い岡場所専門だったが、今夜は少々の金もあるし気分良く酔っているので初めての吉原に足取りも軽かった。

さすがに江戸の頃とは違い、夜の八時九時を過ぎても人通りがあり、町々も明るく賑やかだった。

「おお、これが大門だね。でけえ店が並んでるね」

三人は大門を抜け、仲之町通りを進んだ。両側には引き手茶屋と妓楼が軒を連ね、中には唐破風の大きな入り口を持つ老舗もあり、人力車も並んでいた。

「おや、お三人さんですか。あれ？」

呼び込みの男が声をかけてきたが、三人のヨレヨレの身なりに言葉を途切った。

「お上りさんですかい。店に上がるにゃ相場ってもんがありやすが」

相撲取りのような大男が、三人を値踏みするように言った。

「なにを！　お上りさんだあ？　こちとら江戸っ子なんでえ。とは言うものの、おれも財布にいくら残ってるのか分からねえから、ちいっと待ってくんな」

珍平は威勢のいい啖呵を引っ込め、余りの金を数えた。

「ひいふうみい、三人合わせて六十五銭とくらあ」

「おとといおいで。それじゃ一人も上がれねえよ」

呼び込みの大男は苦笑し、三人を手で追い払った。さすがに一目見ただけで懐(ふところ)具合が分かるのだから、大した眼力なのかもしれない。

「あーあ、仕様がねえ。出ようぜ」

珍平が素直に大門を出たので、金之助もほっとしたようだった。

「江戸から東京になって、物の値段が上がったのかねえ」

珍平は言うものの、江戸時代の吉原がいくらかかったのかも知らないのである。

「ま、もらった金だ。諦(あきら)めよう。飲むために置いてってくれた金だから、またどこかで飲み直そうじゃねえか」

朝太も言い、仕方なく三人は浅草方面へ戻ることにした。

「おおい、そこの兄さんたち。待ってくれ」

すると、さっきの呼び込みの大男が大門を抜けて追ってきた。

「おお、何だい。三人を店に上げてくれるてえのか」

珍平が立ち止まって応じると、男は息を切らして近づいた。

「あんたらの中に、朝太さんてのはいるかい」

「おれだが」

朝太が怪訝そうに答えて前に出た。

「そうか、良かった。うちへ上がってくれ。三人とも呼び戻すように女将に言われて来たんだ」

「女将に？　まあいいや、懐具合を知ったうえで上がれと言うなら断わる理由もねえ」

朝太が言うと、珍平も大喜びで金之助の肩をぱんぱん叩いた。

「ツイてるなあ、こいつは。おい朝太。おめえが妓楼の女将と知り合いだったとはな」

「い、いや、よく分からねえ。おい兄さん、どういうことなんだい」

「いや、おれにもよく分からねえのさ」

大男も首を傾げていた。

「まあいい、行きゃあ分かる」

珍平は言い、再び不安げな表情になった金之助を引っ張り、三人は男についていった。

入ったのは、『相模楼（さがみろう）』という大きな店だ。

男に案内され座敷に通されると、次から次へ女中が酒や料理を運んでくる。

「おいおい、どういうことなんだ。ま、飲み食いしていいってことなんだろうな」

「どうぞ、ご自由に。じき女将さんがご挨拶に見えますので」

女中がそう言い、下がっていった。

とにかく三人は飲み直した。朝太と珍平は大喜びで杯を干し、豪勢な料理をつまんだが、やはり金之助は落ち着かないようだ。床の間には立派な掛け軸がかかり、他の部屋からは三味線の音なども聞こえてくる。今夜あちこちで飲んできた店とは格段に違う。高級な別世界だった。

「失礼致します」

間もなく声がかかり、襖が開いた。女将のようだ。辞儀をして顔を上げると、まだ五十にはなっていないだろう艶っぽい顔が笑みを浮かべていた。

「うわ……。お、お仙さん……？」

朝太は目を丸くした。その顔に、珍平も見覚えがあった。かつて朝太が働いていた牛鍋屋の女将ではないか。朝太が惚れたものの、彼女は店を畳んで大店の旦那に嫁いだという傷心の思い出の一人である。大店というのは、どうやらこの妓楼、相模楼のことだったようだ。

「お久しぶり、朝太さん。それに、お友だちの珍平さんだったわね。さっき、たまたま貴方がたが窓から見えたの。すぐ思い出したので、急いで追いかけてもらったわ」

「そうでしたか、今はここの女将に……」

朝太は、再会の喜びと言うより唐突すぎて戸惑っていた。まして酒が入って朦朧としているし、ここがどこで、いつなのかも分からず混乱してしまった。

仙は、あまり変わっていなかった。前から若作りで艶やかだったが、今も年月の経過を感じさせない雰囲気である。もともと面倒見の良い性格だったから、牛鍋屋も妓楼の女将も、まったく同じ心づもりで切り盛りしているに違いない。

「そうかあ、あのお仙さんがここになあ。こんなにご馳走になっちゃってすいません。金がないのは、あの若い衆が知ってるはずなんすが」

珍平は上機嫌で刺身をつつき、杯を重ねていた。

「とんでもない。どうかごゆっくりなさってくださいね。お二人ともお元気そうで何よりです。こちらのお若い方は？」

「な、夏目と申します。済みません。僕までご相伴に与ってしまい……」

仙に柔らかな視線を向けられ、金之助は緊張気味に挨拶した。

「いいえ、こちらこそよろしく。ところで皆さん、うちに上がるおつもりで？」

「い、いえ……」

朝太は慌てて否定した。この上、仙に女の世話までしてもらうわけにはいかない。まして、かつては惚れて一緒になりたいとさえ思った仙の店で、他の女を抱くほど無神経ではなかった。だいいち仙と再会して、すっかり淫気も抜けてしまっている。

「吉原(なか)がどのようなところか散歩に来ただけです」

朝太が言うと、金之助はややほっとした表情をし、珍平は複雑そうだった。それでもさすがに珍平も、金もないのに女まで世話になるほど図々しくはない。

「そう、良かった。正直言って安心しました。朝太さんは、こういう場所へ来るよりも、普通のお嫁さんを捜す方が良いと思います」

仙が酌(しゃく)をしながら言う。朝太のなりを見て、まだ独り者と見抜いたようだった。もちろん散歩などという言葉も信用せず、酔いに任せた彼の淫気も見通しているだろう。だいいち彼女も、僅(わず)かな酒や料理はともかく、考えてみれば只(ただ)で商売ものを差し出す筈(はず)がない。

それでも仙の、姉のような口調に朝太は嬉しくて胸がいっぱいになった。

「そうそう、こいつは嫁を探さないとね。おれはともかく」

「珍平さんはお嫁さんが？」

「もちろん、いやしません。でも俺あ何かこう、きちっとした生活が嫌えでしてね、そのうち金貯めて、ちゃんと客として寄らしてもらいまさあ」

「ええ、どうぞいつでも」

仙は、珍平の差し出す酒を実に優雅な仕草で受けた。

（ああ、もうお仙さんは、俺の知ってる世界にはいないのだなあ……）

朝太は、仙の横顔を見ながら思った。牛鍋屋の女将の頃とは、さすがに着物も化粧も、言葉も仕草も全部違っていた。心根は変わっていないかもしれないが、それでも環境により外面は自然に変化するだろう。見た目は大きな店を構え、多くの女を抱えて裕福にやっているだろうが、その実は苦労も多く、この数年のうちには何度となない修羅場もあったかもしれない。そうした日々の中に、仙には牛鍋屋の女将とはまた違った色気と貫禄がつきはじめていた。

「それで、今まではどちらに？」

「はあ、あれから京に行っていて、今日戻ってきたんですが、いろんな人に会って、何が何やら気がついたらここに」

朝太は、金もないのに本当に食い物には恵まれていると実感した。

「そう、もし職をお探しなら相談に乗りますよ。珍平さんもご一緒に。ここでは仕事は山ほどありますからね」

「有難うございます。いよいよのときは、また相談に上がらせてもらいます」

朝太は頭を下げて言い、即答は避けた。また仙の厄介になるのは少々気が重い。再び仙に岡惚れしてしまうかもしれぬし、あるいは店の女に執着するかもしれない。仕事場でそうした気持ちになるのは御法度だろうし、どちらにしろここは、自分の住む世界ではない気がしていた。

「では、私は仕事がありますからね、今夜はどうぞごゆっくり」

そう言い、仙は座敷を出ていった。

「さあ、長居も悪いから、この酒と料理を片づけたら帰るべえ」

珍平が言った。彼にしては珍しく遠慮がちなのは、やはり珍平もここが自分の馴染む場ではないことを承知しているのだろう。

やがて三人は膳のものを綺麗に片づけ、仙に挨拶して吉原を出た。大門を出ると、今度こそ金之助はほっとした表情になった。

「飲み食いだけで出てくるなんざ、イキだねえ。ちょっぴり残念だけどな、金がねえんだから仕方がねえ」

珍平が良い顔色になり、楊枝をくわえて言った。

「僕は、ほっとしました」

「金の字は、女は嫌いかい？」

「いえ、心に思う人がいるものですから、今は他の女には……」

「そうかい、それはそれでいいや。頑張んな。それにしても驚いたねえ。あのお仙さんが、あすこの女将とは」

珍平は、朝太に肩を寄せて言った。しかし朝太は、再会した仙の面影で頭がいっぱいになり、彼の言葉もうわの空だった。

「ああ」

「実に、色っぽくなったねえ。牛鍋屋で肉を食い、吉原で肉欲を満たす。よおし、金貯めたら必ず来ようっと。でも、女将さんは店に出ねえだろうなあ。俺あ若い子より、お仙さんぐらい熟れてるのがいいんだけどなあ」

「何だと、この野郎！」

朝太は珍平の胸倉を摑んで、ぽかりと頭を殴った。

「な、なにしやがる。惚れた女だからってトチ狂いやがって」

珍平も酔いに任せて反撃してきた。さすがにこの時間ともなると人気もなく、しかも吉原を出ればしばらく周囲は閑散とした田か野原だ。

「あはははは、楽しい。実に！」

金之助が笑って言い、とっくみ合っている二人に、一緒になって組み付いてきた。もとより本気の喧嘩ではなく、じゃれ合いのようなものだというのが分かったのだろう。

「あれえ、こいつ吉原を出たら急に元気になりやがった」

珍平が呆れて言い、やがて三人で組んずほぐれつの相撲になった。一人が足をかけて相手を引き倒しても、すぐその足にかじりつき、もう一人も腰にからみついてくる。三人は何度も地を転げ、また起きてぶつかり合った。

しかし、酔っているうえ腹がいっぱいなので、たちまち三人は息を切らして土に座り込んでしまった。

「ああ疲れた。何やってるんだろうねえ、俺らは……」

「ああ、お前といるといつもこうだぜ……」

二人はぜいぜいと肩で息をしながら言った。さすがに、若い頃と違って気力も体力も続かない。

「へえ、いつもこうなんですか。それはますます面白いです」

いちばん若い金之助も土に汚れた顔で喘ぎながら、二人と同じぐらいグッタリとへたり込んで言った。

　何とか支え合いながらヨロヨロと立ち上がり、三人はふらつきながら南の浅草方面へと向かった。

「あーあ、無駄な汗かいちまったぜ」

「ああ……」

「飲み直しましょうか。本郷に遅くまでやってる店があります。白馬（どぶろく）なら、三人でもいくらでも飲めますから」

　金之助は、まだまだこの二人と別れがたいように言った。もちろん仙は金など受け取らなかったから、珍平の懐には六十五銭が残っている。

「ああ、そうしようか」

　珍平も朝太も頷き、三人で延々と本郷まで歩き、さらに金がなくなるまで何軒か飲み歩いて、最後はどこへ行ったか何を喋ったかも分からなくなってしまった。

五

「おい朝太、起きたか？」

珍平は、布団の中から足を伸ばし、隣で寝ている朝太を小突いた。

「ああ……。なんか二日酔いだあ……」

朝太も、寝呆けた声で答えた。

「一体ここはどこなんだい？」

二人とも、まだ起きる気力も湧かず、天井の木目を見つめていた。

小綺麗な六畳間で、柔らかな陽射しが障子越しに射し込んでいた。前の通りを、間延びした声で風鈴屋が通っている。

「誰かの家だね」

「ああ、そろそろ起きないとね」

二人が言い合いながらも、グズグズとなかなか起きないでいると、やがて廊下に軽い足音が聞こえてきた。

「御免ください。お目覚めでいらっしゃいますか？」

若い女の声がした。

「はいっ！」

二人は子供のように元気良く答え、そろそろと襖が開けられたときには、布団の上に揃って座し浴衣の襟元を合わせていた。

廊下に、丸髷を結った女性が座っていた。

彼女は、まだ二十代前半だろうか。畏まっている二人を見て、花のような笑みを洩らして言った。

「よろしければ、何もございませんが、お食事の支度が整っておりますが」

「こ、これは申し訳ない……。ところで、こちらは……？」

「牛込の馬場下です。金之助さんが、昨夜遅く来て、この二人は僕の恩人だからと」

「ははあ……」

ここは夏目家のようだ。

「金之助さんに成り代わりまして、御礼申し上げます」

「あ、いえいえ」

二人は恐縮し、誘われるまま部屋を出て顔を洗い、食事をした。炊きたての飯に干物、漬け物に豆腐の味噌汁だが、昨夜の豪勢な料理に負けないほど旨かった。

かなり広い屋敷だ。

金之助の父母らしき老夫婦もにこやかに二人を迎えてくれた。若い女性は登世と名乗り、金之助の兄嫁だった。

「ときに、金之助君は」

「昨夜は、あなた方を置いてまた他へ行ってしまいました。最近はあまり家に寄りつきません。たぶん学校の寮か、お友だちの多い猿楽町(さるがくちょう)の下宿館などを泊まり歩いているのでしょう」

登世は、ほぼ同い年である義理の弟を、かなり心配しているようだ。

二人は、美しい登世に給仕してもらい腹もいっぱいになって、すっかり二日酔いも吹き飛んだ。

もう昼過ぎだった。

やがて夏目家を辞し、そのまま二人は師範学校の藤田五郎を訪ね、あらためて住まいの世話を頼みにいった。

「昨夜は飲んだなあ。でも面白かった」

先に帰ったものの、藤田も、いつになく飲んだのだろう。今日は、あとの稽古指導を高野に任せ、さっさと背広に着替えて出てきてしまった。

そして根岸の知り合いを訪ね、難なく二人の住む長屋を見つけてくれたのである。

真夏のことだ。しばらくは何もなくたって風邪も引かないが、前の住人が置いていった煎餅布団ぐらいあった。

それを干し、部屋を掃除し、二人は藤田にもらった小遣いで湯屋にも行った。

これでようやく、見た目も人並みに戻った。

「それにしても、いい女だったねえ。金之助の兄嫁」

「そんなこと言ってる場合じゃねえ。明日から本気で職を捜さないとな。お仙さんの世話になるわけにゃぁいかねえ」

湯屋の帰り、話しながら歩いた。

と、その時、向こうから歩いてくる女が珍平を見て小首を傾げた。

「いい年増だねえ。あれ、どっかで見たことがあるような……」

珍平が言うと、彼女の方から声をかけてきた。

「も、もしかして、珍平さん……？」

「うわ！　か、楓さんかあ！」

珍平も気づいて、二人は駆け寄った。

「元気そうだなあ」

抱き合わんばかりに迫ったが、辛うじて珍平は踏みとどまった。

「おっと、今は親方のご新造さんだっけ」

珍平が言うと、楓は困ったように表情を曇らせた。

「結局、やめたんです」

「え……？」

「だから、早まったことをしたと後悔しましたけれど、もう珍平さんは長い旅に出てしまったし……」

みるみる楓の目が潤んできた。

どうやら、職人をしていた死んだ亭主の親方との再婚は、なかったようだった。あとで、彼が女遊びにだらしない人間だと分かり、取り止めたのである。

「そ、そうだったのかあ。じゃ、今も一人であそこに……？」

「ええ、お針をして暮らしてます」

二人の、しっとりしたやり取りを聞き、朝太は湯屋の釣り銭をありったけ珍平の袂へ押し込んだ。

「じゃ、俺あ先に帰ってるからな。そこらで茶でも飲んでこいや」

「すまねえ、朝太」

珍平が言い、一緒に頭を下げる楓に手を振り、朝太は一足先に長屋へと戻った。

六

「そうかい。あのお登世さんをなあ」

朝太は、兄嫁に対する禁断の恋を告白し、うなだれている金之助を前に、腕を組んで言った。

下谷にある可否茶館で、三人は一銭五厘のコーヒーを飲んでいた。

金之助は、高師剣道部の藤田に訊き、二人の長屋を訪ねてきたのである。

今日の金之助は着物ではなく、ちゃんと学生服を着ていた。

二人もちょうど仕事探しに出かけるところだったので、そのついでに、生まれて初めてコーヒーなるものを飲んでみたのである。

「苦え……」

珍平は、一口飲んで顔をしかめ、

「なんか泥水みたいだね」

言いながら、砂糖とミルクをたっぷり入れていた。

楓とのヨリが戻り、珍平は心ここにあらずで、金之助の話も朝太ほど真剣には聞いていなかった。

恐らく、ちゃんとした職に就いたら、あらためて楓に求婚するつもりなのだろう。それほど、珍平は舞い上がっていた。先夜は堅苦しい生活は嫌だと言っていたが、もちろん朝太も追及はしなかった。

「どう仕様もなく苦しくて、友と旅に出て文学の話をしても気は紛れず」

金之助が、重々しい口調で言う。

「うん、わかるよ」

「だから、あまり家には帰らず、友人の下宿を泊まり歩いているのです」

金之助は、どこが気に入ったものか、この二人に心の内をすべて打ち明けた。

登世は金之助の兄、和三郎の妻で、まだ子はなく、やはり金之助と同い年だった。

「家へ帰りゃいいじゃねえか」

珍平が口を開いた。

「え……？　何か良い策でも？」

「策も何もありゃしねえ。どうせ兄嫁たあ一緒になれねえんだ。だったら一緒に暮らして、厠を覗いてせんずりかくとか、洗濯物の腰巻を失敬して」

「あなたとはお話ししたくない！」

金之助が気色ばみ、慌てて朝太が止めた。

「ち、珍平、あっち行って新聞でも読んでろ！」

「ちぇっ、わかったよ。名案なんだけどなあ……」

珍平はおとなしく、空いている店内で席を移り新聞を開いた。

「すまねえ。あいつなりに真剣なんだが、今は人の相談に乗れるような状況じゃねえもんだから」

「いえ……」

しかし、金之助も人に話したことで、だいぶ気持ちも楽になってきたようだった。

「俺も、恋女房に死なれたりして辛えこともあったが」

「え？　本当ですか？」

「ああ。だが、また時が経つと別の女に惚れたりしてな、そんなもんさ。今はお登世さんしか見えてねえだろうが、これから沢山、心持ちが変わるほどいろんなことがあるってことよ」

「はい」

朝太の月並みな意見にも、金之助は神妙に頷いた。

「そう、そいつは惚れっぽくてねえ」

向こうの席から、珍平が口を挟んできた。

「とにかく、姉さんを困らしちゃいけねえよ。平和に暮らしてる新造なんだから」

珍平の言葉にも、金之助は素直に頷いた。

「打ち明けたって波風たつだけだから、ここは一つ忍ぶ恋だな。それよか姉さんに誉められるように学問だ」

「わかりました」

「そのうち、夫婦別れするとか兄貴が死ぬとか、良いこともあらあな」

「珍平！」

朝太が怒鳴ると、珍平は肩をすくめて新聞で顔を隠した。

やがて金之助は立ち上がった。

「今日は有難うございました。お二人と話して気が晴れました。では学校に戻ります」

頭を下げ、三人分のコーヒー代を払って店を出て行った。

「兄嫁かあ。大変だな」

「おうよ、あの別嬪なら無理もねえ。俺も楓さんと出会ってなきゃせんずりかいちまうところだった」

二人もコーヒーを飲み干し、店を出て浅草方面まで歩いていった。

やがて奥山と呼ばれる、馴染み深い浅草寺伝法院裏へ行くと、宮崎滔天が朴歯の下駄に編み笠姿で、ステッキを振り振り、道ゆく人に壮士節を唸っては演説をぶっていた。

悲憤慷慨胸に満つ　東洋亜細亜の英国と
自ら任ずる我が国の　活潑有為の青年は
砥げよ研けよ文と武を……

「おお、鬚の先生、やってるねえ」

「ああ、なかなかいい声じゃないか」

今日も浅草は賑わい、広場には多くの興行小屋が出ていた。そして滔天の、巧くはないが心に響く吟声に人々は足を止め、人の輪ができていた。

そして傍らに積まれた壮士節の歌本も、次々に売れていき、遂には完売した。世は西洋にかぶれてはいても、多くの庶民たちは純粋な愛国心を持っており、勇猛な歌詞は人気があるようだった。

するとその時、人垣が崩れて柄の悪そうな連中が滔天に近づいていった。地回りだろう。しかも、相撲取り崩れの用心棒まで引き連れていた。

「やあ善男善女諸君、ご静聴有難う。本日はこれまで」

滔天は歌を止め、売上金を懐に入れた。

そして連中が迫る前に、下駄を脱いで手にしたかと思うと、ものすごい勢いで逃げ出してしまった。

「ありゃあ、速え逃げ足だねえ」

「実に、馴れてるねえ」

朝太と珍平は苦笑して、砂煙を上げてみるみる遠ざかっていく滔天を見て感心した。文句をつけようとした地回りも、呆気に取られて見送るばかりだった。

滔天が見えなくなると、二人もその場を離れ、花屋敷へ行ってみた。

花屋敷は、嘉永年間に植木屋森田六三郎が草花を植えて陳列し、遊客に見せるようになったことに始まる。

やがて奥山一帯が公園に指定され、明治十八年には化粧直しをして開園。木戸銭を取り煎茶を出し、さらには草花のみならず様々な見世物や珍品の展覧、子供向けの遊技施設なども揃えるようになっていた。

「ほう、呼び込みの口上ねえ。経験があるんなら話は早えや」

小屋を回って親方に会い、仕事の口を頼み込んでみると、案外すんなりと決まってしまった。

「来年にゃ十二階が完成するからねえ、ここらは今よりもっともっと賑わうだろう。今でさえ手が足りねえくらいだから、何なら今日からちょいとやってもらおうかい」

「うわあ、有難え！」

二人は喜び、給金の話などをしに小屋に入った。

「それにしても、十二階は建つ前から大変な人気なんだねえ」

「そりゃあ文明開化ってもんよ。ただ階段を上がるだけじゃねえ。エレベートルっちゅう電気仕掛けの箱で、客はじっとしてても上まで運んでくれるってえカラクリだ」

「へええ、てえしたもんだねえ」

「おおよ。もう江戸の人間は新しい世の中にゃついていけねえなあ」

「まったくよ」

年配の親方と三人して、しみじみ語り合ってしまった。

「おお、こんなことしてる場合じゃねえや。給金はその日払いで、一人一日二十銭でどうだ」

「ええ、もう充分でさあ」

「人気が出たら値上げするよ。その代わり下手(へた)だったら明日から来ねえでいいからね」

「へへっ、そいつあ厳しい」

そうは言ったものの、どうもこの初老の親方は人情家のようだ。仮に口上で使えなくても、何でも雑用がありそうだった。

二人はすぐ仕事だ。

見世物小屋の口上は、京を思い出して辛(つら)いこともあるが、懐かしさの方が大きい。

今までは、ただ小屋の前にノボリが立ててあり、木戸銭を入れるザルが置かれているだけだった。

「あーあ、これじゃ客は来ねえよな」

「よほど人手が足りねえんだな」

こんなことなら失業を気に病まず、最初からここへ来れば良かったと思い、さっそく二人は入り口の前に陣取った。

「ええ、親の因果が子に報いと申しますが」

「文明開化のこのご時勢に、神秘不思議の世界はこちら」

馴れた口調で声を張り上げると、すぐに人が集まってきた。

たちまち二人は勘を取り戻し、掛け合いで客を笑わせながら、次々に木戸銭を払わせ、小屋の中へと招き入れていった。

七

「本当に、突然お邪魔いたしまして、申し訳ございません」

登世が恐縮して言ったが、朝太の方が舞い上がってしまった。仕事から戻り、珍平はおらず朝太一人なのである。

「いえ、何のお構いもできませんが……」

朝太は、二人分の万年床を押し入れに突っ込み、綿のはみ出た座布団を差し出して言った。急なことで、茶の支度もできない。所用で近くまで来たので寄ったと登世は言うが、実際は相談ごとのために出向いてきたのだろうと朝太は思った。

男所帯に、まるで鮮やかな牡丹の花が咲いたようで、ほんのりとした香気が朝太を息苦しくさせた。

四十半ばになっても、いつまでも少年のような心のままで、まあ早く言えば成長していないのである。思えば、妙と生活した僅かな期間も気持ちが舞い上がり、あれは夢まぼろしだったのではないかとさえ思えるのだった。

月が替わり、九月になっていた。

あれから朝太と珍平は、すっかり花屋敷の人気者となり、毎日休みなく働いた。しかし夕方仕事が引けると、珍平は一人で楓の家へばかり行くようになり、朝太一人、飯を食って帰ることが多くなった。

珍平と楓が、所帯を持つのもそう遠いことではないだろう。何かと嚙み合わなかった以前と違い、今回は意外なほどスンナリと事が運ぶようだ。

朝太は知らぬことだが、どうやら東京癲狂院を脱走した蘆原金次郎将軍の予言が、七年経って当たったことになる。

もちろん妬けるようなことはないし、自分もという焦りもない。少し寂しいが、珍平が幸せになるのは何より嬉しいことだ。

何しろ新選組時代、朝太と妙の仲を取り持ってくれたのも珍平なのである。

「何か、ご相談でしょうか」

「はい、金之助さんのことですが、あれから一度も家に戻らず心配しております」

用向きは、朝太の予想どおりだった。

「彼なら心配ないですよ。文士志望って割には、そんなひ弱じゃないです」

「ええ。両親も放っておけと言うのですが、どうも、家に寄り付かないのは私のせいではないかと……」

登世は俯き、言い淀んだ。

「なぜ、そう思うのです」

「言葉や仕草に現われなくても、それは分かります」

「何がです?」

「金之助さんは、どうやら私のことを」

「ご存知でしたか」

やはり女は、そうしたことに敏感なのかもしれぬ。

「では金之助さんは、そのことをご相談していたのですね？」

「それは男同士の話なので、何とも申し上げられませんが」

言っているのと同じことだが、最低限の筋は通さなければならない。

「困ったことです」

登世は、本当に困窮したように項垂れた。

「私が居れば苦しむでしょうし、居なければ良いというわけにもいきません」

「いいじゃないですか。家に居つこうが居まいが、もう二十歳すぎた大人なんだから」

「はい……」

登世は顔を上げた。

「そうですわね。これからも、きっとご迷惑おかけするかと思いますが、よろしくお願い致します」

そのまま立ち上がり、もう一度深々と辞儀をした。

「では、お邪魔いたしました」

「あ、お姉さん」

帰りかけようとする登世を、朝太は呼び止めた。

「は……？」

「違っていたら大変失礼だけれど、もしかして、貴女も金之助くんのことを」

言うと、振り返った登世はちらりと笑みを浮かべた。それは何とも神々しく、天女のように透き通った笑みだと朝太は思った。

「そのようなこと、あるはずございませんでしょう」

「そう、そうですね……」

朝太は頷き、やがて登世は帰っていった。

そして室内のほんのり甘い残り香を感じると、それまで真面目に対応していた朝太の顔がだらりと緩んでしまった。

そのまま思わず、今まで登世が座っていた座布団に手のひらを当て、温もりを味わってしまった。

「あーあ。俺も女をめっけないとな……」

朝太は呟き、今ごろ楓と良い思いをしているであろう珍平を思った。

八

「今日もやってるねえ。鬚の先生」

「ああ」

朝太と珍平は仕事の合間、昼飯を食いに奥山に並んでいる屋台にいた。傍らには、ちょうど遊びにきた金之助も居る。

　手を翻せば雲となり　手を覆えせば雨
　紛々たる軽薄　何ぞ数うるを須いん

宮崎滔天は、よく通る声で演説し、詩を吟じ、今日も多くの人の輪の中で歌本を売っていた。

「あの人も大したものですね。自分の道をしっかりと定めている」

金之助が言うのを、珍平がからかうように遮った。

「いや、どうかな。またケツまくって一目散に逃げ出すんじゃねえか」

「え……」

「見なよ」

珍平が指すと、なるほど人垣が割れ、例の地回りがズカズカと滔天の方に迫っているではないか。

しかも今日は、用心棒の相撲取りが多い。

「まったく柔術なんてえものは格好ばかりで、口ほどにもなかったのう」

「おう、あんな生兵法で賭け試合とは臍が茶を沸かすぜ」

相撲取りが口々に言っている。

どうやら奥山の見世物で、力自慢を集めて賭け試合をしていた柔術家を、こっぴどく痛めつけてきた後らしい。

柔道が隆盛を極め、食い詰めた柔術家たちは、こうして浅草で見世物をし、賭け試合をしているものが多かったのだ。

それにしても、大兵の力士が参加するのは、明らかに興行の掟破りだった。

連中は、かなり酒が入っているようだ。

「さあ、ついでに、あの志士気取りの目障りな芸人も痛めつけておくんなさい」

地回りが相撲取りたちに言っていた。

「でけえのがいるね」

珍平が囁くと、

「小野川部屋の幕下で、荒海という奴です」

金之助が答えた。

「おう、詳しいねえ。でも、今日は鬚の先生、まだ逃げねえぞ」

滔天は、迫ってくる地回りや力士たちに気づいているだろうが、まだ詩吟を止めず、堂々と仁王立ちになっていた。

「大した貫禄だねえ。こないだとは違うよ」

「ほら、あれ……」

金之助が言うと、滔天の傍らにある屋台では、なんと西郷四郎が酒を飲んでいた。

「なある……。今日は四郎がついているのか。だが、四郎一人で大丈夫なのかねえ。あんなでっけえ奴が大勢」

「分からないけど……」

金之助が言う。

「講道館の西郷四郎といえば、子供でも知ってます。数々の試合で勝って有名になり、新聞にも載りました」

「へえ、知らない間に偉くなってたんだなあ……」

「でも、嘉納先生がヨーロッパへ発ち、講道館の留守を西郷さんに預けたのに、昼間から酒飲んでていいんでしょうか」

金之助は心配なようだった。

彼と講道館、嘉納治五郎の縁は、後年になってさらに深くなってゆく。

この四年後、金之助が東大を出て高等師範学校の英語教師に赴任したとき、校長をしていたのが嘉納である。さらに七年後には、やはり嘉納がかつて校長をしていた熊本の第五高等学校にも赴任することになるのだ。嘉納は漱石の「坊っちゃん」に登場する、狸（たぬき）校長のモデルとも言われている。

「なあに、先生の留守に、少しぐれえ羽根を伸ばしたってバチは当たるめえよ。おい、そろそろ始まるぜえ」

珍平が言うと、ようやく地回りと力士が、滔天の前に立ちはだかった。

「歌をやめろ！」

地回りの親分が言う。

「誰に断わってここで商売してやがる！」

「吾輩の行動を妨害するか。もとよりここは天下の往来。浪々の身と雖（いえど）も、吾が理想と情熱は人の心を打つ。その証しである尊い売上金を掠め取ろうというのか」

滔天は一歩も引かない。四郎がいるというだけではなく、大局を見通せぬ輩に怒りが湧くのだろう。

「言うな！　面倒だ。やっちまえ」

親分が言い、子分どもが一歩前に出た。荒海たち力士は、まだニヤニヤ笑って成り行きを眺めているだけだ。

「くるか。今日は当方にも戦う用意はあるぞ！」

滔天が言うなり、そばの屋台で飲んでいた四郎が、杯を置いてふらりと立ち上がり、悠然と滔天の前に立った。

「なんだ、この野郎。やけにちっこいじゃねえか」

連中は、当然四郎の名は知っていても、顔までは知らない。当時の新聞印刷での写真は不鮮明だし、まさか有名な柔道家が身近にいるなど思いもしないのである。

この頃、四郎の身長は五尺一寸（一五四センチ）、体重十四貫（五三キロ）。

「邪魔だ。どけ」

子分たちが四郎につかみかかろうとした瞬間、一度に三人が宙に舞った。

「うっひゃああっ……！」

三人は何が起こったかも分からず、悲鳴を上げて大地に叩きつけられ、そのまま昏倒した。

厳密には、正面の敵を一本背負い、右の男は軽く足を払われて見事に肩から落ち、左の男は払い腰で二間も先に飛ばされていた。

「ほう！　少しはやるようじゃの。お前も柔術か」

荒海が前に出て言い、ちろりと舌舐めずりした。

荒海は六尺五寸（一九七センチ）、三十八貫（一四三キロ）と伝えられる。

睨み合う二人に、みるみる人垣ができていた。

朝太に珍平、金之助も息を吞んで見守っていた。

滔天も、いち早く戦いの場を離れ、まるで見物人のように群集に紛れていた。

中には、たったいま荒海たちに痛めつけられた柔術家たちまで、小屋から出てきて目を見張っている。

「あれは、西郷……」

「講道館の西郷だ……」

さすがに、柔術家たちは識っていた。

荒海は、浴衣の間の、剛毛の生えた厚い胸板を突き出し、

「そりゃあ！」

いきなり激しい張り手を飛ばしてきた。

西郷は、その攻撃をぐり抜けて素早く腕を摑むや、奴の勢いに逆らわぬまま、鮮やかな払い釣り込み足。

上体が泳いでいた荒海は、ものの見事に一回転し、地に投げつけられていた。

「おお！」

見物人、とりわけ荒海にやられたばかりの柔術家たちから感動の声が上がった。

「こ、こいつ……」

荒海は、真っ赤な形相で立ち上がった。

もとより固い土俵に何度となく叩きつけられているから、痛みはない。小男に投げられた屈辱の方が大きかった。

今度は、すばしこい四郎を捕らえようと、両手を広げて摑み掛かってくる。それが空を切ると、さらに張り手を繰り出してきた。

四郎は、攻撃を避けながら徐々に移動した。それにつれて、見物人も東へ東へと移動していった。

もちろん朝太に珍平も、仕事に戻ることも忘れて、金之助と一緒に動いた。

まあ、この大騒ぎだ。花屋敷の客もみな出張ってきているだろう。

と、ようやく荒海が四郎の両肩を摑んだ。

しかし四郎は一瞬にして、荒海に背を向けて身を沈めた。

壮絶な一本背負い。

荒海は弧を描き、地響きをたてて仰向けに倒れた。

「ち、ちっくしょう……」

倒れながら荒海は、血迷ったか四郎の向こうずねに嚙みつこうとしていた。

これにはさすがの四郎もカッとなったか、渾身の力を込めて、左拳を荒海の水月にめりこませた。

ちなみに四郎は左利きである。

この強烈な当て身に、荒海はひとたまりもなく悶絶した。

「殺せ！」

他の力士たち六人が四郎を追う。

「西郷を守れ！」

「おお、死なせてなるものか」

本来は講道館と敵対している柔術家たちも、声をかけ合って四郎に加勢しはじめた。

乱闘は移動しながら、やがて隅田川（すみだがわ）のほとりまで来た。

柔術家たちも、四郎の強さに元気百倍になったのだろう。よく奮戦し、四郎と一緒に次々と力士たちを川へ投げ込んだ。

「こりゃあ、大変な騒ぎになったなあ」

三人を見つけたか、滔天が近づいて言う。

「あ、あんた他人事（ひとごと）みたいに」

「見たまえ、山嵐だ！」

それには答えず、滔天が言った。

見ると、四郎は力士の一人を担ぎ上げ、猛烈な勢いで足を払い上げていた。

まるで疾風（はやて）が吹き上げるように、力士はゴオッと砂煙を巻き上げて放物線を描いた。やがて水面に叩きつけられ、激しい水煙が上がった。

「す、すごい……！」

「あれが山嵐か……」

三人は息を呑んだ。

「会津出身の、山嵐……」

金之助が呟く。

「何か、小説の題材が浮かんだかね？」

「いえ、まだ……」

そうこうしているうち、ようやく警官隊が到着した。

「まずいなあ……」

珍平も、さすがに不安げに顔を曇らせた。

「前に、嘉納さんも柔術家相手に乱闘したが、あの時は雨の夜で見物人はいなかったし、連中がだれにも言わなかったから大っぴらにならなかったが、今回はなあ……。ダメだあ、もう止まらねえ」

駆け付けた一小隊の巡査たちは、棒を持って鎮圧しようとしたが、頭に血が昇った四郎や柔術家たちに、苦もなく川へ投げ込まれてしまった。

九

「四郎の奴、大丈夫かなあ……」

珍平が言った。

今日の仕事も終わり、珍平と朝太は麴町にある警察署にやって来ていた。昨日の乱闘事件で拘留されている、西郷四郎の様子を見にきたのだ。

あれから力士や地回りたちと、駆け付けた巡査全員が川へ叩き込まれ、四郎や柔術家たちは騒ぎに紛れて逃げたのである。

しかし有名な四郎はすぐに手配が回り、警察に呼ばれてしまった。嘉納治五郎も、四郎の兄弟子の富田常次郎も不在なので、二人が身柄引受人になっても良いと思って出向いてきたのだ。あるいは面会もかなわないかもしれぬと半ば諦めて訪ねると、しばらく廊下で待てと言われた。

「何とも、やな雰囲気だね」

「ああ、何とか俺らはお世話になったことがないけれどね」

二人は囁きながら、殺風景な署内の廊下を見渡した。上の方には薩摩の芋侍上がりが大勢いるのだろう。もと新選組と知られたら、すぐにも牢屋に入れられそうな気がする。

いかめしい建物の中、廊下には髭をたくわえた警官が行き来し、不審げに二人を見ては通り過ぎていった。

すると奥から、当の新選組の大幹部が、四郎を連れて出てきた。

「藤田先生……」

二人は藤田五郎に駆け寄り、うなだれている四郎を見た。さすがに意気消沈し、ただでさえ小柄な四郎が、今はもっと小さく見えた。

「四郎、大丈夫か」

「はあ、ご心配かけて済まんです。かなり、調子に乗ってしまいました」

四郎は顔を上げ、寂しげな笑みを二人に向けた。拘留は一晩だったが、その間にいろいろ考え事をしていたのだろう。

「まあ、今回は大目玉だけで済んだ。相手も悪いのだからな」

藤田が言う。まあ、警察の武術師範にも講道館の幹部が多くいるので、みな三島総監に取りなしてくれたのだろう。それに藤田も警察関係には多くの知り合いがいるので、こうして心配して来てくれていたのだった。

しかし今回は何とか内々で済ませてもらったが、嘉納の留守中での不祥事は如何ともしがたかった。

やがて四人は警察署を出て、江戸城のお堀沿いを本郷に向かって歩いた。日が傾き、遥か遠くには富士山がくっきりと浮かび上がっていた。

「じゃ、私はいったん学校に戻るからな、二人は彼を講道館に送ってやってくれ」

「はあ、どうもお世話様でした」

藤田は途中で帰ってゆき、朝太と珍平は四郎を連れて真砂町に向かった。

だが、途中でいよいよ四郎の足取りは重くなってしまった。

「あ、あの、今夜はお二人のところに泊めて頂けませんでしょうか」

四郎がおずおずと言う。

「ああ、構わねえけど、講道館とは目と鼻の先だぜ」

「ええ、でもどうにも、皆に合わす顔がなくて……」

四郎は講道館に住み込んでいる。嫌でも門弟たちと顔を合わせるし、誰もが今回の事件のことは知っていた。

「いずれ帰らなきゃならんのだがな、ま、いいだろう」

珍平が、やけにうきうきと言った。

「じゃ、朝太。四郎を頼むぜ」

「え？　お前は……」

「四畳半に三人寝るのはきつい。俺あ別のところへ行くさ」

どうやら珍平は、楓の住まいに泊まらせてもらうつもりらしい。なるほど、確かに布団は二組しかないし、こうした機会でもなければ一泊する理由がないのだろう。

「そ、それは申し訳ないです。では僕がどこかへ」

「いいってことよ。じゃ四郎、元気出せよ」

珍平は手を振り、軽い足取りで楓の住む三崎町方面に行ってしまった。

「いいんでしょうか。かえってご迷惑に」

「いや、惚れた女の家に行く口実ができたんだ。これでいい」

朝太は珍平を見送って言い、やがて四郎と二人で長屋近くの飯屋に入った。

「少しは食った方がいいぜ。夕べからろくに食ってねえんだろ」

朝太は箸の進まない四郎に言った。

「はあ、どうにも食欲が……」

「柔道家は体が資本だ。無理にでも食え」

朝太は言い、自分だけ目刺しに漬け物、飯に味噌汁を空にした。

すると、そこへ宮崎滔天が入ってきた。

「おお、ここにいたか。どうも災難だったなあ。いやあ済まん」

滔天は四郎の隣にかけ、頭を下げて言うと、彼の膳から香々をひと切れつまんで口に放り込んだ。今回の騒動の原因となりながらも、滔天は四郎とは対照的に、一向に悪びれる様子もない。

「警察に行ったが、もう釈放された後だという。講道館に行ってもまだ帰らんと言われてな、お二人の長屋に聞きに行く途中だったんだ」

「そうですか。ご心配かけました」

「なあに。それにしても警察の横柄な応対には腹が立つ。吾輩の身なりを、いかにも胡散臭げに見おって、懐の歌集まであらためられたぞ」

滔天は言い、四郎の残した飯に味噌汁をかけて食いはじめた。

「さあ、今宵は吾輩が奢る。白馬でも飲んで気分直しといこうじゃないか」

「いえ、僕は酒は止めたんです」

「なに、人生の大きな喜びの一つである酒を止めた？　それはいかん。……いや、その気持ちも分からんではない。では吾輩は、どのように詫びたら良いのか」

滔天も、意気消沈している四郎を前に、急にしんみりしてしまったようだ。

「まあ、今日のところはうちへ泊めて、明日にも講道館へ帰すことにするよ。じきに元気になるだろうさ」

朝太が言うと、滔天は何度も頷いた。

「うむ、今日のところは、朝太どのにお任せするとしようか。じゃ四郎君。吾輩は帰る。また会おう」

滔天は言って四郎の肩を叩き、先に飯屋を出ていった。

「さあ、俺らも出よう」

朝太は四郎を促して店を出ると、今度は湯屋に彼を誘い、汗を流してからようやく長屋へと戻った。もうすっかり日が暮れている。

朝太は布団を二組敷き、珍平の布団に四郎を寝かせた。まだ宵の口だが、行灯の油が勿体ないので、朝太も珍平も早寝の習慣だった。

四郎も素直に横になり、二人で暗い天井を見つめた。

「少し、頭を冷やしに旅にでも出てみようかな……」

四郎が言った。

「朝太さんは、あちこち行かれたのでしょう」

「いや、俺は江戸から京までの東海道しか知らねえな。珍平の奴は、東北や蝦夷まで行ってきたが」

「そうですか。僕は西の方には行ったことがないから」

「旅はいいよ。いろんな奴に出会えるしね、成長もするだろう。だが、講道館の方はいいのかい」

「ええ、いろいろ考えてみます……」

四郎は答え、それきり会話は途切れてしまった。やはり昨夜は警察に一泊し、ろくに眠れず疲れていたのだろう。間もなく寝息が聞こえてきて、そのうちに朝太も眠り込んでしまった。

——翌日、朝太は四郎を何とか講道館に連れて行き、その足で浅草の仕事場へ行って珍平と合流した。

「おう、四郎は素直に講道館に帰ったかい」

「ああ、もう大丈夫だろう。それより目が真っ赤だぞ。寝てねえんじゃないか」

「へへ、おめえにゃ悪いが、楓の奴が寝かしてくれなくてねえ」

「この野郎」

「いてて！」

朝太は珍平の頬を思いきりつねり上げてやった。

「おお、もう始まってるぞ。こいつらの掛け合いは面白えからな、みんな集まれや」

たちまち暇な常連たちが集まり、二人の前に人垣ができはじめた。朝太と珍平は、普通に会話してじゃれ合っているだけでも、すぐに人が集まってきてしまうのだ。

「こいつあいつもご贔屓に有難うございます。さて、見世物小屋の入り口はこちら」

すぐに珍平が商売の声に切り替えて話しはじめた。

「見世物なんざ何度も見ちまったい。小屋ん中はどうでもいいから、おめえらが何か面白えことをやれえ」

「ひひ、あっしらの話だけじゃおまんまの食い上げだあ。これからは木戸銭を払ってくれた人だけに面白え話をお聞かせしちゃう」

「おいおい、先に話せえ」

「そうそう、今日からろくろっ首の寸法が伸びたぜ。こりゃあ見なきゃ損だ。あいちゃんが小屋ん中で首長くして待ってるからねえ」

珍平の饒舌は続き、その合間に朝太が突っ込みを入れ、人々はますます小屋の周りに集まりはじめた。

——数日が過ぎた。

四郎は、あれから謹慎しているらしく顔を見せなかった。滔天も、商売の場所を変えたものか、最近はめっきり姿を見せなくなっている。

「そう言えば、金之助も最近めっきり顔を見せねえなあ」

「家へでも帰ったのかな」

「行ってみるか。牛込の家に」

「おお、一宿一飯の恩義があるからな。今はこうして職にも就いたから、菓子折りの一つでも持っていくか」

やがて二人は雷おこしを手に、牛込馬場下の横町にある夏目家へと向かった。

「いいのかい珍平、楓さんの方は」

朝太は言った。珍平は毎日、仕事帰りに楓の顔を見に行くのが常となっていたからだ。

「うん。もう所帯を持つ約束ができたからな、これからいくらでも顔は見られらあ」

「いいなあ」

「そんなこと言って朝太よ、本当は一人で行きてえんじゃねえのかい。あのご新造に会いたくてよ」

「なに言ってやがる。金之助じゃあるめえし」

喋りながら歩き、やがてうろ覚えながら角を曲がると、夏目家が見えた。

「な、なんだ……？」

「こ、こりゃあ……！」

見れば、夏目家は葬儀の真っ最中ではないか。

「大変なときに来ちまったなあ。親は両方とも元気に見えたんだが」

「出直すか」

立ち止まって話していたが、どうも妙だ。弔問（ちょうもん）に並んでいる人たちの悲しみが大きすぎる。

気になり、二人は列に近づいて近所の小母（おば）さんらしき人に訊いてみた。

「あのう、どなたが……？」

「お嫁さんの、登世さんですよ。まだ若いのに気の毒な……」

「な、なんですってえ……？」

二人は顔を見合わせ、しばらくは声も出なかった。

「う、うそだろう……、そんなの……」

朝太は膝から力が抜けそうだった。

話によると、お登世はひどい悪阻（つわり）で急死したようだった。

「き、金之助はでえじょうぶなのか……」

珍平が言い、二人は列を掻き分け、中に入って覗き込んでみた。

正面に花と位牌（いはい）が置かれ、その左右に家族が座っていた。

金之助は泣きもせず、その端にじっと座っていた。

「な、何とか、俺らよりはシッカリしているようだ……」

少し安心したように珍平が言う。

「今日のところは、帰（けえ）るべえ」

「ああ……」

朝太も頷き、二人はそっと列を離れて歩きだした。朝太は、登世を最後に見たときの、あの神々しい笑みを思い出していた。

十

「本当に行っちまうのかい……？」

「はい。決めたんです」

珍平の言葉に、西郷四郎は寂しげな笑みを浮かべて頷いた。

新橋の駅である。四郎は、遠い九州まで足を伸ばすつもりらしい。

「だって、お前にとって講道館は家みてえなもんだろう？」

「せめて嘉納先生が帰ってから旅に出りゃいいじゃねえか」

珍平と一緒に朝太も言ったが、四郎の決心は固いようだ。

「自分から破門になったのです。出直しのつもりで、いろんな所を見てきます」

「ご両人、心配は無用。長崎までは、吾輩が同道する」

宮崎滔天も、今日は荷物を背負った旅姿だった。

「まあ、あんまり頼りにゃならねえがな。四郎を頼って、旅先で悶着起こすなよ。年配なんだから」

「吾輩は西郷くんより、年下だ。まだ弱冠二十歳である」

「な、何だって、二十歳い？」

二人は目を丸くした。

「鬚に騙されてたが、まだガキじゃねえか」

「もう世の中、変わっちまったんだなあ」

二人は嘆息したが、まあ朝太と珍平が子供なだけである。

「では、お二人ともお元気で」

四郎が頭を下げ、滔天と一緒に駅舎に入っていってしまった。

他に見送りのものはない。四郎は、講道館にも黙って出てきたのである。

「あーあ、行っちゃった」

「帰るか」

二人が引き返そうとしたとき、

「こんにちは」

ちょうど夏目金之助がやってきた。

学生服ではなく、二人が初めて出会った時のような、着物姿に手甲脚絆、長い杖(つえ)を持っている。

「な、なんだい、その格好は」

「富士山に登ってきます」

「へえ……」

二人は言葉もなかった。

まあ、旅に出るほど元気も出てきたのだろう。

それに東京を離れれば気分も変わり、新しい自分を発見してくるかもしれない。

「じゃ、行ってきます」

「おお、気をつけてな。また花屋敷で待ってるぜ」

二人は手を振り、やがて金之助も駅舎に入っていった。

「どいつもこいつも、最近の若い奴は、辛（つれ）え時にも泣いたりしないのかねえ」

「ああ、俺らは泣き虫だけどねえ」

「もう、江戸時代の人間にゃついていけねえのかなあ」

「確かに、俺らが人の旅を見送るようになっちゃおしめえだあ」

「ちげえねえ」

二人は歩き、浅草へと向かった。

「もう、俺らの旅はおしめえか」

「あとは、朝太の嫁探しだけだなあ。楓に頼んで、良さそうのを見つくろってもらうとするか」

「おお、頼むぜ相棒」

二人の向かう先に、出来かかった十二階が夕陽を浴びて影絵になっていた。

我が青春の「新選組」「姿三四郎」「漱石」
——あとがきにかえて

睦月影郎

1

「いつも鞍馬天狗の邪魔をする、この近藤イサミって、悪モン？」

幼い頃、鞍馬天狗（大瀬康一版）を見ていた私は父に訊いた。近藤勇は憎らしい顔だちで、いかにも悪役ふうの役者が演じていたのだ。

しかし、父の答えは意外だった。

「いや、考え方が違うだけで、いいもんも悪もんもない」

そう言われた言葉が、長く私の心に残っていた。

やがて昭和四十五年、私が中学三年生になった時、テレビ連続時代劇「燃えよ剣」の放映がＮＥＴ（現、テレビ朝日）で始まった。

毎回のラストは悲劇に近いが、土方役の栗塚旭（くりづかあさひ）のカッコいいこと！私は新選組に夢中になった。「燃えよ剣」の前にやっていた「新選組血風録」を観ていなかったのが何とも残念だった。

のち高校三年生になった昭和四十八年にも、フジテレビで「新選組」が始まった。

この時も、土方役は栗塚旭。もう私は、栗塚以外の土方歳三は考えられないほどになっていた。

私は、高校で知り合った親友（珍平のモデル）と、新選組の話ばかりをして盛り上がった。

そしてようやく司馬遼太郎（しばりょうたろう）の「燃えよ剣」「新選組血風録」をはじめ、数多くの新選組もの幕末ものを読み漁（あさ）るようになる。

大学時代から剣道を習いはじめたが、師範がなんと天然理心流（てんねんりしんりゅう）。

さらに大学を中退し、作家を目指して家を出たとき、最初に住む場所をトシさんの故郷である日野に決めたりしたものだった。

日野のアパートで夜中に観た、「燃えよ剣」の再放送。トシさんと近藤さんが流山で別れるシーンには思わず泣いてしまった。

新選組のファンの集いである「新選組血風録」の映画会には必ず参加し、トシさんと近藤さんの墓所には何度も足を運んだ。

もちろん映画会も墓参も、さらには京都の旅も常に珍平が一緒だった。

2

私が新選組に夢中になりはじめた中学三年生の時。もう一つ、夢中になったものがあった。昭和四十五年、日本テレビで「姿三四郎」（主演、竹脇無我）の放映が始まったのである。

折しも、柔道を習い始めた時期でもあり、これも夢中で毎週観るようになった。小学生の時も、倉丘伸太郎の「姿三四郎」や「柔道水滸伝」は観ていたし、父からも藤田進主演の黒沢作品のことを聞いていたから、ストーリーも実にすんなりと頭に染み込んできた。

小説の方も繰り返し読み、その他の富田常雄作品も手に入る限り購入して読み耽った。

ちなみに作家の富田常雄とは、本文中に出てくる柔道家、富田常次郎の子であり、小説「姿三四郎」は西郷四郎をモデルにしたと言われている。また、宮崎滔天をモデルにした真崎東天（まさきとうてん）も、三四郎の心の支えとして小説に登場する。私は姿三四郎の許婚（いいなずけ）、乙美（おとみ）さんに恋をし、その死に胸を痛めたりした。柔道場では山嵐を教えてもらいたくて仕様がなく、また稽古以外でも、老師範から昔の柔道話を聞くのが楽しくてならなかった。

結局、剣道を始めた二十歳の時に柔道はやめてしまったが、今もたまに夢に出てくる柔道場は、懐かしい町道場であったり、見知らぬ寺の本堂の片隅だったりすることがある。

また、私は横須賀生まれということもあり、何度も記念艦三笠に行った。中に、軍神広瀬中佐の柔道着なども展示されている。本編中では、広瀬武夫はほんの僅かなゲスト出演であるが、明治時代の名士、そして講道館創生期になくてはならぬ人物として、どうしても登場願いたかったのだ。

3

同じく中学三年生の時（やはり多くのものに影響を受け、夢中になりやすい時期だったのだろう)、夏目漱石を読みはじめた。

切っ掛けは、姿三四郎の放映が終わったあと、やはり竹脇無我主演の「坊っちゃん」が始まり(昭和四十五年秋、日本テレビ)、観るようになったからだ。

どうも、「燃えよ剣」も「姿三四郎」も「坊っちゃん」も、すべてテレビ放映を観てから本を読む、というのは、やはり私がテレビ世代だからなのだろう。

そして、この三作品とも数多くの俳優が演じ、いつの時代でもリメイクされて作られるようになったが、どうしても最初に観て夢中になった作品が印象に残り、贔屓してしまうのは仕方がないことなのかもしれない。

映像の中で「姿三四郎」は、藤田進、加山雄三、倉丘伸太郎、波島進、千葉真一、竹脇無我、勝野洋、三浦友和などが演じ、「坊っちゃん」や「土方歳三」に到っては多すぎて数え切れないほどである。

高校に入ってからも私は、漱石、富田作品、新選組関係の本を読み続け、幕末や明治にばかり思いを馳せるようになっていた。

私は、よく珍平と話し合った。

「幕末や明治はいいなあ。何でも、一生懸命やれば歴史に名が残るからなあ」

「ああ、今は何やっても、人の真似ばっかりになっちまいそうだからなあ」

何のことはない。単に現実逃避して、怠（なま）けたいだけなのだ。

そして身近な友人や教師たちを、それぞれ「新選組」「姿三四郎」「坊っちゃん」の登場人物に当てはめてみたりしたものだ。

やがて私が日野から高円寺に越して物書きデビューした頃、漫才ブームというのが起こった。

（もし、新選組に漫才師が入隊したら、どうなるだろう……）

ふと、そんな馬鹿馬鹿しいことを思った。それが、「鬼が笑う日『笑わぬ男』を改題」の構想として長く私の頭に残ることとなったのだ。

さらに永昌寺時代の、創生期の講道館への憧れ。嘉納治五郎と高野佐三郎に交流があったのだから、きっと藤田五郎（斎藤一）とも親交があったに違いないと思った。

漱石と嘉納のつながりも深い。「坊っちゃん」に登場する狸校長は、高等師範の校長時代の嘉納のイメージではないかとも言われる。

明治三十年、漱石三十一歳のとき、九州小天（おあま）温泉で「草枕」の素材を得たと言われているが、その折り、地元の代議士前田（まえだ）案山子（かがし）（覚之助（かくのすけ））の別荘に滞在した。

「草枕」に登場する那美（なみ）のモデルが、前田の次女卓子（つなこ）で、三女の槌子（つちこ）は、何と宮崎滔天に嫁(か)しているのだった。

そうしたことを知っていくうち、幕末に散っていった新選組や、西郷四郎と夏目漱石、つまり私の大好きなものたちを、一つの話につなげたいと思うようになってきた。

それには、幕末と明治を結ぶ狂言まわしが必要になり、それは私と親友の珍平が最適だと思った。かくして私と珍平が、あの頃にタイムスリップした気持ちで、この三部作を描いたのである。

人物一口メモ

土方歳三

天保六年（一八三五）武蔵国生まれ。薬の行商の合間に天然理心流の剣術を学び、浪士組に参加し上洛、新選組の結成に加わった。初代局長を粛清後、実権を握り副長となる。鳥羽伏見での敗北後、官軍に抵抗しながら関東を転戦し、榎本武揚らと蝦夷地へ渡る。五稜郭の戦いで戦死した。

斎藤　一

天保十五年（一八四四）、武蔵国生まれ（ちなみに父は明石藩出身）。新選組では剣術教授、三番隊隊長を務めた。鳥羽伏見の戦いののち、幕府軍とともに北へ敗走。会津戦争時には新選組局長となる。戊辰戦争後は警視庁に入庁した。斎藤一のほか、藤田五郎、山口二郎、一戸伝八と称す。

西郷四郎

慶応二年（一八六六）福島県生まれ。会津藩家老を勤めた西郷頼母の養子となる。日本柔道の父、嘉納治五郎と出会い、嘉納が開設した「講道館」に入門した。小柄ながら豪快に相手を投げる大技「山嵐」で、柔道界の花形として活躍した。富田常雄の小説『姿三四郎』のモデルといわれる。

高野佐三郎

文久二年（一八六二）武蔵国生まれ。中西派一刀流の祖父より手ほどきを受ける。嘉納治五郎の柔道に倣い、剣術を剣道とあらためるなど、明治・大正・昭和にわたり、剣道界に大きな足跡を残した。東京高等師範学校教授として、学校剣道の育成に力をそそいだ。

夏目漱石

慶応三年（一八六七）、東京都生まれ。本名、金之助。歌人の正岡子規は第一高等中学校時代の同級生。帝国大学卒業後、高等師範学校教授に就任。イギリス留学から帰国後、『吾輩は猫である』を発表する。『三四郎』『それから』『こ